진심의 꽃

- 돌아보니 가난도 아름다운 동행이었네

모든 순간
진심을 다해 살았던
오석륜 시인의
시, 삶, 인문학 이야기

진심의 꽃

돌아보니 가난도 아름다운 동행이었네

시인 오석륜
산문집

역락

1

첫 산문집을 세상에 내놓는다. 지금까지 시집, 일본 문학 관련 저서 및 일본 문학·문화 관련 번역서 등, 모두 헤아리면 30여 권에 달하는 적지 않은 책을 출간했지만, 산문집은 처음이다. 그래서일까. 여전히 설레는 마음보다 두려움이 앞선다. 그런 생각의 바탕에는 내가 지금 여기에 펼쳐놓는 글들이 과연 세상을 아름답게 할 수 있고, 독자들에게 감동을 줄 수 있을까 하는 두려움이 내재해 있는지도 모른다. 책을 꾸리는 내내, 세상에 넘쳐나는 수많은 저작물에서 과연 나의 이 졸작이 '유익한 이야기보따리 하나' 정도의 역할은 할 수 있을까를 스스로 묻고 또 물었다.

산문집의 재료가 된 글들의 면면을 살펴보면, 적지 않은 공을 들여 펼쳐낸 산고(産苦)의 결과물이다. 나는 평소, 글의 재료가 될 만한 자료를 모아두는 습관을 갖고 있다. 종이로 된 신문이나 잡지 등을 보다가 공부가 될 만한 기사나 내용은 반드시 오려두었다가 보고 또 본다. 지금까지 그렇게 모아둔 것이 적지 않은 양을 헤아린다. 또한, 인터넷 기사를 보다가도 유익한 내용이 눈에 띄면 저장해두거나, 혹은 인쇄하여 보관하는 방식으로 내 지식과 글의 재료를 축적한다.

몇 년 전에 모아두었던 기사나 칼럼 등을 꺼내 다시 읽다보면 지금의 사정과 형편에 맞는 것도 있다. 그런 걸 보면 세상의 유행과 지식은 고정·불변의 것이 아니라는 것을 새삼 깨닫는다. '온고이지신(溫故而知新)'이란 말은 그런 뜻의 함의이리라. 이 산문집의 글들에 그런 과정을 거쳐서 나온 깊이를 담아내고자 했다.

이 책은 전체를 3부로 구성했다. 『샘터』, 『월간문학』, 「뉴스토마토」와 같은 잡지나 미디어를 통해 발표한 글들을 수정·보완한 것도 있고, 또 새로이 쓴 것도 있다. 모두 46편이다. 1부는 주로 내가 고등학교 시절 및 청춘의 시기에 겪었던 가난했던 삶과 그동안 살아오면서 만난 분들과의 인연을, '내가 만난 사람은 아름다웠다'라는 소제목으로 솔직담백하게 풀어냈다. 2부는 세상을 읽어가며 삶의 맥을 짚어낸 문장을 모아 '세상의 속살을 만지다'로, 3부는 내가 평소 생각했던 것을 중심으로 서술한 '인문학의 풍경'으로 각각 꾸렸다.

특히 2부, 3부를 관통하는 글은 크게 보면 인문학적 성격의 것이 대부분이다. 그것은 그동안 내가 천착해 왔던 전공인 일본 문학이나 한국 문학 등, 인문학 관련 영역의 결과물이다. 글의 성격상 딱딱한 이미지를 줄 수 있다는 생각이 들어, 나만의 감성을 입혀 따뜻한 입김을 더하려고 했다. 온기 있는 글, 유효한 글로 내 붓을 끌고 갔다는 뜻이다.

2

돌이켜보면, 그동안 회사원으로, 교수로, 시인으로, 번역가로, 칼럼니스트로, 그 밖에 인문학과 관련하여 다양한 삶과 활동을 해왔다. 정신

없이 살아온 것 같다. 그래서 나를 둘러싼 주위의 사람들이나 지인들로부터 '전방위적인 활약을 펼치는 사람', '천성이 부지런한 사람'과 같은 과분한 칭찬을 듣기도 하지만, 그것은 좀 더 정확하게 말하면, 내 근원에 존재하는 부지런함이 아니라 아무것도 가진 것 없는 사람이 세상을 헤쳐 나가기 위한 '몸부림' 같은 것이었다. 그리고 나의 이런 '몸부림'에 따뜻한 시선으로 도와주고 격려해준 분들 덕에 여기까지 올 수 있었다. 새삼 이 자리를 빌려 감사의 말씀을 드린다.

혹여 그간의 내가 쓴 여러 영역의 책이나 글을 읽어주신 분 중에는 지금의 내 이름인 '오석륜'이 아니라, '오석윤'이라는 이름에 익숙한 분도 계시리라 생각한다. 같은 사람이냐고 묻는 분도 있고, 왜 개명을 했냐고 묻는 분도 있다. 하지만, 2009년 이후, 내 의지와는 상관없이 정부 행정의 정책에 따라 '오석윤'에서 '오석륜'으로 바뀌었음을 알려드린다. 한자는 똑같이 '吳錫崙'이다. 착오 없기를 바란다.

부디 이 졸저가 많은 분들의 가슴에 아름다운 향기로 남아, 힘든 세상을 살아가는 지혜로, 혹은 건강한 울림으로 작용한다면 더할 나위 없는 영광이겠다.

끝으로 이 책의 출간을 선뜻 허락해주신 이대현 대표님과 이태곤 편집이사님 등, 도서출판 역락의 식구들에게 고맙다는 인사를 전한다.

2020년 가을, 초안산 기슭의 연구실에서
오석륜

차례

2부 ——— 세상의 속살을 만지다

3부 ─── 인문학의 풍경

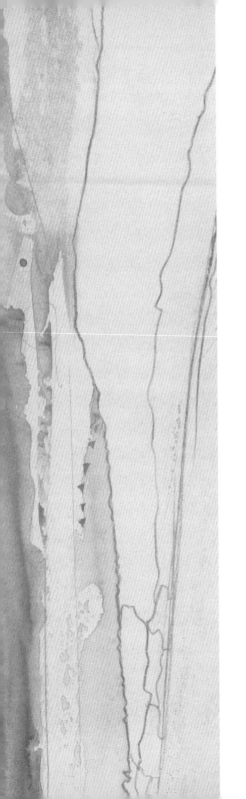

1부

내가 만난 사람은 아름다웠다

폐결핵과 가난의 기억

- 고3 때 이야기

겨울이 시작될 무렵, 길을 걷던 나는 쿨럭쿨럭 피를 토해냈다. 각혈이었다. 손에 고여 있던 핏덩이가 낙화하듯 바닥으로 뚝뚝 떨어지고 있었다. 밀려오는 죽음의 공포 속에서 지나가는 겨울바람이 내게 얼마나 더 살 수 있을까를 묻고 있는 것 같았다.

각혈이 있기 훨씬 전부터 몸이 안 좋다는 생각은 하고 있었지만, 그것이 폐결핵의 한 종류인 결핵성 늑막염이라는 것은 알지 못했다. 그게 무슨 병인지 몰라서기도 했지만, 병원비 걱정 때문에 누군가에게 몸이 아프니 병원으로 데려다 달라는 말도 꺼내기 어려웠다. 일찍 세상을 뜨신 어머니에 대한 그리움과 계속되는 가난이 나를 짓누르기만 하던 1981년은 그렇게 시작되고 있었다.

그해 고등학교 3학년이 된 나는 학교는 다니고 있었지만 언제 학교를 그만둘지 모르는 난감한 상황이었다. 2학년 때 한 번인가 두 번인가 빼고는 한번도 수업료를 내지 못한 나는 우리 반의 골칫거리였다. 조금만 더 기다려주시면 곧 학비를 내겠다는 말도 더 이상 통하지 않았고, 우선 나 자신부터도 그 기약 없는 변명에 하루하루 지쳐가고 있었다.

학비도 내지 않고 학교를 다닌다는 것이 얼마나 사람을 초라하게 만드는 일인지 경험해보지 않은 사람은 잘 알지 못한다. 다행히도 학교는 나를 퇴학시키지 않고 3학년으로 진급시켜 주었지만 더 이상 나아갈 곳이 없는 막다른 골목이었다. 며칠 동안 학비를 구하러 여기저기를 돌아다녔다. 폐결핵으로 인한 기침이 그 길을 동행했다.

친척이나 아는 사람은 물론 친구 어머니에게까지 찾아가 학비를 빌려달라고 사정해 보았지만 돈은 쉽게 구해지지 않았다. 밀린 등록금을 한꺼번에 마련해야 한다는 부담감이 나를 압박해왔다. 힘들게 학비를 구하러 다니면서도 어떻게든 고등학교는 꼭 마쳐야 한다는 생각만은 흔들리지 않았다. 학교를 그만두면 더 이상 내게 배움의 기회가 찾아올 것 같지 않은 예감이 강하게 들었기 때문이다.

그럼에도 끝내 그 돈을 구하지 못한 나는 자퇴를 받아들이기로 결심하고, 마지막으로 학교 상담실을 찾아가 자초지종을 털어놓았다. 내성적인 성격의 내가 상담실을 찾아간 것은 지금 생각해도 꽤나 용기 있는 선택이었다.

"비록 학비도 내지 못하고 폐결핵이라 건강도 좋지 않지만 학업은 꼭 마치고 싶습니다."

내 간곡한 얘기에도 선생님은 묵묵부답이었다. 며칠 후 담임 선생님이 나를 교무실로 호출했다. 이미 학교를 그만둘 생각을 하고 있었기에 마음은 편했다. 그런데 선생님은 내게 뜻밖의 소식을 전해주었다. 학교재단이 졸업 때까지 내 학비를 면제해주기로 결정했다는 것이었다.

눈물이 났다. 나는 선생님 앞에서 어린아이처럼 엉엉 울었다. 재단의 호의가 감사하기도 했지만 가난 때문에 학비를 면제받아야만 하는 내 자신이 너무나 부끄러웠다. 학비를 내지 않고 학교를 다닌다는 것은 상상도 하지 못하던 때였기에 내가 가진 가난이 더없이 서럽기만 했다.

지금 와서 돌이켜 보면 그때 학교 측은 아마도 몸이 아픈 학생을 학비를 내지 못했다는 이유만으로 퇴학 처분하는 것이 간단치 않은 일이라고 판단했던 것 같다. 아니 어쩌면 그분들 또한 학교를 그만두게 하면 저 가난한 학생에겐 영원히 배움의 기회가 주어지지 않으리란 것을 직감하고 있지는 않았을까? 천주교 김대건 신부의 이름을 딴 학교재단의 호의로 나는 그렇게 배움의 기회와 실낱같은 삶의 희망을 이어나갈 수 있었다.

다행히도 내가 앓던 폐결핵은 전염이 되지 않았기 때문에 나는 계속 학교를 다닐 수 있었다. 대신 나는 많은 양의 결핵약을 복용하고 있었던 터라 수업시간에 조는 일이 많았다. 몸은 쉽게 회복되진 않았지만 그래도 꼬박꼬박 약을 복용한 덕분에 졸업 때까지 단 한번도 결석을 하지 않았다.

여름이 지나고 가을이 올 무렵에 몸이 많이 좋아져 대학입시에도 좀 더 열심히 매달릴 수 있었다. 당시 결핵 환자는 약뿐만 아니라 엑스레이 촬영이라든가 객담 검사, 피 검사 등도 보건소에서 모두 무상으로 받을 수 있었다. 치료 자체에 돈이 별로 들어가지 않았던 것이다. 나는 하루하루 건강을 되찾아갔다. 당시로는 귀한 영양제를 갖다 주던 친구, 늘 격려를 보내준 벗들과 선생님들이 있었기에 나의 고3 시절은 폐결핵과 가난으로 얼룩진 아픈 기억이 아니라 아름다운 추억으로 간직될 수 있었다.

이듬해인 1982년 2월, 나는 완치되지 않은 폐결핵과 가난을 데리고 "아무것도 가진 것 없는 사람은 차라리 서울이 벌어먹고 살기 좋다"는 얘기만 믿고 대구를 떠났다. 학비 한 푼 보태주지 못했다며 울먹이던 누님 같은 낙동강의 물결이 한강까지 줄곧 동행해주던 어느 추운 겨울날이었다. 그해 가을, 나는 서울 강동구의 한 보건소에서 폐결핵 완치 판정을 받아 비로소 그 서늘한 죽음의 공포에서 벗어날 수 있었다.

그 시절의 내가 겪었던 것처럼, 가난은 결코 쉽게 극복할 수 없는 장애물이다. 가난은 당사자에게 엄청난 인내와 노력을 요구한다. 그래서 가난을 극복한 자들의 삶의 가치가 더 위대하고 아름다워 보이는 것인지도 모른다.

대신 가난은 꿈을 간직한다는 게 얼마나 소중한 것인지를 일깨워준다. 나 역시 그 시절을 통해 가난할 때일수록 꿈을 잃으면 안 된다는 것을 배웠다. 돌이켜 보면 나는 늘 꿈을 꾸는 사람이었고, 지금도 역시 꿈을 꾸며 살고 있다. 가난한 집안의 장남이었고 장손이었지만 눈물겨운 삶 속에서도 가능한 밝고 긍정적으로 살려고 노력해왔다. 그것이 지금까지 나를 지탱해준 힘이었다.

"바람이 분다. 살아봐야겠다"라는 문장이 내 가슴을 아직도 끊임없이 적시고 있다.

다음 시는 그 시절을 회상하며 쓴 「낙동강」 전문으로 시집 『파문의 그늘』(시인동네, 2018)에 수록하였다.

아무것도 가진 거 없는 사람들이 벌어먹고 사는 데는
서울만 한 곳이 없다는 소문만 믿고 짐을 챙겼다.
그 위안을 별처럼 촘촘하게 새긴 가방 하나만 들고
낙동강을 나서는데
곱은 손 펼치며 몇 개의 추억과 몇 개의 된바람을 쥐어주던 억새들
수도승처럼 서서 나를 조금씩 밀어내고 있었다.
겨울 안개는 내가 품고 있던 위안을 덮혀주려고
강가 쪽에서 몰려왔지만
그 속을 비집고 들어가 안개 목욕을 마친 겨울새 한 마리는
완치되지 않은 폐결핵 환자처럼
여전히 낯선 기침으로 쿨럭거렸다.
울음처럼 뱉어낸 객담 한 움큼을 된바람이 풀어헤치고 있었다.
더 이상 가난과 병을 갖고 돌아와서는 안 된다며
어떻게든 서울 가면 성공하고 편지도 꼬박꼬박 써달라고 떼를 쓰던
낙동강의 길고 긴 포물선
그림자처럼 따라오며 허공으로 퍼져가고 있었고
그렇게 허공에 펼쳐진 길을 촉촉이 밝히려고

동대구발 서울행 야간열차가 기적을 울리고 있었다.

여비 한 푼, 학비 한 푼 보태주지 못했다며 한없이 흐느끼던

누님 같던 낙동강의 물결이

한강까지 동행하며 거슬러 올라오는 동안

뜬눈으로 밤을 새운 차디찬 달빛은

자꾸만 내 손바닥으로 흘러와 짙은 손금 하나 새겨주고 있었다.

-오석륜 「낙동강」 전문

절망 속에서 더듬어온 희망의 길

- 대학 때 이야기

우리들의 지친 호흡만으로도 뜨거웠기에 빈 공간은 없었지만

겨울밤이면 약속처럼 문틈 사이로 비집고 들어온

북풍은 머리맡에 둔 걸레가 다 받아들였고,

아침이 되어도 꽁꽁 언 채로 풀리지 않았다.

좀처럼 물러가지 않았던 가난을 풀어주려고

가끔씩 달빛이 방문 앞까지 내려왔지만

식구들의 신발 속만 덥혀주고 갔고

아버지는 그런 달빛을 따라 새벽일을 나갔다.

달빛 따라 찾아올 것만 같았던 누이는

몇 개의 소문으로만 다녀갔고

그런 소문도 어쩌다 발목까지 내린 눈이 하얗게 덮어 버렸다.

꼭두새벽에 찍어놓은 자신의 발자국이 눈에 덮일 때마다

또 다른 곳으로 날아가는 겨울새는 눈부시도록 아름다웠다.

그들의 뜨거운 비상 같은 것을 꿈꾸었던 나는

몇 년 후, 빠른 등기처럼 월세 삼만 원씩을 꼬박꼬박 배달해주던
단칸방을 떠났지만 아버지도 하늘나라로 먼 길 떠났다.

그래도 단칸방은 세상에서 가장 뜨거운 곳이었다.

- 오석륜 「단칸방」 전문

2013년에 발표한 이 시는 졸시집 『파문의 그늘』에 실은 것으로, 내
가 대구를 떠나 처음으로 서울에 살기 시작하던 이십 대 초반 무렵의 이
야기다. 1982년, 우리 식구들에게는 오래되고 허름한 집의 서너 평 남짓
한 단칸방이 전부였다. 그 당시 월세가 이만 원인가 이만 오천 원인가
했는데, 몇 년 후에는 삼만 원으로 올랐던 것으로 기억한다.

그곳은 우리 가족이 서로의 온기를 껴안고 잠을 청하던 안식처였다.
하지만 대학을 다니면서도 과연 졸업 때까지 무사히 학교를 다닐 수 있
을까 하는 걱정이 그 누추한 방안을 가득 메우고 있었다. 우리는 가난했
다. 그리고 절박했다. 하지만 나는 단칸방을 나설 때마다 꼭 일어서야겠
다는 꼿꼿한 희망만은 가슴에 늘 품고 다녔다.

당시에는 대학생이 과외를 하는 것이 법으로 금지되어 있었다. 노동
으로 돈을 벌어 학비도 보태야 하고 생활비도 벌지 않으면 안 되는 시절
이었다. 대신 정부에서는 대학생에게 많은 부업자리를 만들어주려고 노
력했다. 약골이었던 나는 대학 학생처에 찾아가서 아르바이트를 알선해
달라고 부탁했다. 지방에서 올라온, 가진 게 아무것도 없는 고학생이라

며 곡진하게 거듭 부탁하고 또 부탁을 했다.

　그 간곡함이 전해졌기 때문일까. 나는 대학을 다니면서 국민은행 암사동지점의 대부계에서, 중구청 소속의 황학동사무소에서, 조흥은행 극동빌딩 지점 등에서 다양한 경험을 쌓으며 아르바이트를 할 수 있었다. 그 시절 나는 정말 바쁘게 살았다. 방학이건 학교 다닐 때건 열심히 일거리를 찾았다. 그때 아르바이트를 하면서 만났던 세상은 그래도 열심히 살면 보상은 주어진다는 소중한 가치를 전해주었다. 그러는 사이에 잔뜩 움츠러들었던 내 마음속에도 세상은 한번 살아볼 만하다는 자신감이 싹트고 있었다.

　나는 책 외판원, 길거리에서 광고지를 돌리는 일, 재래시장에서 율무차나 홍차 등을 파는 일, 대학 연구소에서의 교정과 편집, 출판사의 의뢰를 받아 일본어 문장을 한국어로 초벌 번역하는 일, 잡지사에서의 번역 일거리 등 할 수 있는 일은 무엇이건 마다하지 않았다. 오히려 더 적극적으로 일을 찾았다. 덕분에 조금씩이나마 적금을 들기도 했다. 또한 늘 돈이 부족했던 탓에 열심히 공부해 대학 수석 등을 하며 장학금을 받는데, 장학금은 내가 대학을 무사히 마치는 데 적지 않은 힘이 되었다.

　무엇보다 누나의 희생은 학업과 아르바이트에만 전념하는 데 큰 힘이 되었다. 재봉 일을 하며 돈을 벌었던 누나는 한 주나 두 주 간격으로 집으로 돌아왔는데, 누나가 오는 날에는 시장에서 사 온 닭으로 백숙이나 닭볶음탕을 해 먹었다. 그야말로 배를 곯으며 우리 집에 동거하던 허기가 포식을 하는 날이었다.

이런 나에게 또 한 번의 혹독한 시련이 찾아왔다. 1987년 봄, 아버지가 저세상으로 먼 여행을 떠나신 것이다. 그리고 그해 겨울, 서울 와서 처음으로 전셋집을 얻어 살던 곳에 화재가 나서 나는 그만 모든 것을 잃고 말았다. 남은 것이라곤 입고 있던 옷 한 벌뿐이었다. 겹쳐서 찾아온 슬픔이었다. 그래도 나는 결코 꿈을 버리지 않았다. 가난하다는 것, 절박하다는 것, 그것이 무엇인지를 일찍 경험했던 탓이었을까. 여덟 살 어린 남동생을 다독이며 다시 일어설 각오를 다졌다. 스물다섯 살 되던 해였다.

어린 동생의 학비와 생활비를 벌기 위해 나는 또다시 이런저런 아르바이트를 하며 생계를 꾸려나갔다. 잠잘 곳이 없어 여기저기 떠돌아다니며 몸을 뉘였고, 친구들이 주는 옷도 얻어 입고 살았다. 그럴수록 늘 웃고 살려고 애썼다. 비록 가진 것 없어도 세상에 나가면 무엇이든지 잘할 수 있을 것이라는 꿈이 여물고 있었다. 일찍 부모를 잃은 어린 동생은 다행히도 세상에 잘 적응해주었다. 고마웠다. 돌이켜 보면 나에게는 저 어린 동생을 장가보낼 때까지 공부시키고 책임져야겠다는 또 다른 목표가 생긴 것이었다.

그때 아우는 문학에 빠져 있었다. 시를 좋아했던 나의 문학적 습관을 고스란히 닮아가고 있었다. 그것이 그 시절의 아우에게는 꿈이었는지도 모른다. 아우는 그 후 나보다 먼저 시인으로 등단했다. 먹고살기 바쁘면서도 문학의 끈을 잃지 않았던 아우의 열정을 지금도 나는 높이 산다.

가난하다는 것, 절박하다는 것. 그것은 우리의 삶에 얼마든지 유효하게 작동할 수 있다. 중요한 것은 꿈을 잃지 말아야 한다는 것이고, 삶에 정면으로 부딪쳐야 한다는 것이다. 그럴 때마다 가난과 절박함은 따뜻한 동반자가 된다.

나는 '궁즉통(窮則通)'이라는 말을 좋아한다. 주역에 나오는 말로 궁하면 곧 통한다는 뜻이다. 몹시도 궁한 처지에 이르면 그때는 극복해 나갈 방법도 생기게 마련이다. 그리고 변화를 꾀하고 적극적으로 맞서면 나 자신과 주변이 변하고, 오래 간다. 그것이 세상 이치라고 믿고 살고 있다. 저마다의 향기를 갖기까지 혹독한 계절을 이겨낸 꽃의 언어에 귀기울여본다. 그리고 나의 언어도, 나의 향기도 세상을 아름답게 물들이는 데 일조하고 있음에 그저 감사할 뿐이다.

두 번의 화재와 상처

- 청춘의 일기

열여섯 살 때 찾아온 화마, 그리고 긴 가난의 시작

불은 내 삶에서 두 번씩이나 찾아왔다. 그리고 내 청년기의 삶을 송두리째 집어삼켰다. 한없이 무섭고 슬픈 기억이다. 그것은 단순히 한 사람의 삶을 파탄으로 몰고 간 것이 아니라 한 집안의 몰락을 의미하는 것이었다.

첫 번째 불은 내가 중학교 3학년이던 1978년 겨울에 일어났다. 그해 섣달 그믐날, 아버지가 경영하던 대구의 한 직물공장에서 화재가 나서 우리 가족은 모든 것을 다 잃었다. 아마도 화재보험이 제대로 정착하지 않았던 때였으리라. 제대로 된 보상을 받기는커녕, 시간이 흐를수록 급여를 제때 받지 못한 직물공장 직원들의 독촉이 이어졌다. 우리는 먹고 사는 것은 고사하고, 수시로 집에 찾아와 밀린 월급을 달라고 하는 사람들, 그리고 또 다른 빚 독촉에 시달렸다. 태어나 처음으로 사람들 대하기가 무서워지는 경험을 한 것 같다.

그해 여름 어머니가 병으로 세상을 떠났기에 화재로 인한 슬픔은 가중된 것이었다. 몇 년 동안이나 앓다가 세상 떠난 어머니는 참 단단한 분이셨다. 작은 체구였지만, 정신적으로 육체적으로 건강한 분이라고 생각하고 있었는데, 갑자기 병을 얻어 투병 끝에 저세상으로 가셨다. 어린 시절이라 병명이 무엇이었는지 기억하고 있지는 않다. 다만, 아플 때마다 누우신 채로 배꼽 주위를 손으로 꾹 눌러달라고 하셨다. 한참을 그렇게 누르면 아픔이 좀 가신다고 했다. 나뿐만 아니라 초등학교에 채 들어가지도 않았던 어린 남동생도 어머니의 배꼽을 누르곤 했다. 안타깝게도 동생은 그때 이미 '사람은 어떻게 죽음을 맞이하는가'를 차곡차곡 배우고 있었던 셈이다. 졸작 「배꼽」(시집 『파문의 그늘』에 수록)은 그때의 이야기를 시로 풀어낸 것이다.

나이를 먹어 갈수록
중학교 때 돌아가신 어머니의 기억은 자꾸 멀어져 가는데
어머니의 그 배꼽은 기억이 난다.
무슨 병을 앓다가 돌아가셨는지 또렷하진 않지만
아프실 때마다 배꼽 주위를 손끝으로 꾹 눌러 달라고 하셨다.
한참을 그렇게 눌러야만 사라졌던 어머니의 통증,
다시 도지면 이번에는 네댓 살 된 동생이
배꼽 주변의 통증을 눌렀다.
그럴 때마다 어머니의 생은 작별의 신호처럼 무섭게 깜박거렸다.
어머니의 배꼽에서 슬픔을 배우기 시작한 동생은

가끔씩 손등에 눈물을 떨어뜨렸고

그 눈물은 고스란히 어머니의 배꼽이 받아들였다.

아가야, 이 배꼽이 네가 나왔던 곳인데,

이 배꼽이 네 잉태의 순간을 기억하는 곳인데,

하고 울먹였고,

그 몇 해 뒤 우리 형제는 영원히

어머니의 배꼽을 누르지 않아도 되었다.

그해 여름 삼도천을 건너가신 어머니 대신에

우리 동네 빈터에는

어머니의 배꼽을 닮은 며느리배꼽 꽃이 드문드문 피어나

우리 형제의 하굣길을 지켜보고 있었다.

「배꼽」 전문

어른이 되어 생각해보니, 내가 초등학교 5, 6학년 무렵에 어머니가 방사선 치료를 받았던 기억이 난다. 그럼에도 불구하고 그런 일련의 치료들이 별 효과를 보지 못했던 것 같다. 그 후 어머니는 절이나 기도원을 찾아 병을 고치려고 많은 노력을 기울였지만, 죽음을 피해 가지는 못했다. 그때의 일들은 내 기억에 비교적 또렷하게 자리 잡고 있다.

또, 어머니가 돌아가시고 얼마 되지 않아, 나는 발에서 허리를 잇는 쪽의 뼈에 이상이 생겨서 다리와 허리까지 깁스를 한 채 두어 달이나 꼼짝없이 집에 드러누운 채로 생활을 하지 않으면 안 되었다. 이처럼 내 중학교 3학년 때의 기억은 나의 사고와 어머니의 죽음, 그리고 아버지의 사업 실패 등, 여러 가지 악재로 무척이나 슬프고 힘든 해로 남아 있다. 슬픔이 한꺼번에 찾아올 수도 있다는 말이 있는데, 바로 그때가 그런 해가 아니었을까.

그렇게 불이 난 후 우리 가족의 삶은 참으로 힘든 날들의 연속이었다. 고등학교에 진학하였지만, 제대로 학비를 내지 못하고 다녔던 것은 바로 그런 연유가 있었다. 아버지도 사업 실패로 좌절하였고, 그 후에도 다시 일어서지 못한 채 술로 지새우는 일이 잦아졌고, 한두 번의 자살 시도도 있었다. 그런 삶이 아버지가 후에 병을 얻어 세상을 등지는 계기가 되었다.

돌이켜 보면, 그때 그 화마는 내가 살아가면서 얻게 된 긴 가난의 신호였고, 슬픔의 또 다른 화근으로 작용하였다. 어찌 그런 삶을 헤쳐 왔을까. 이런저런 생각을 하면 눈물이 앞을 가린다. 앞에서 소개한 글 「폐결핵과 가난의 기억」은 내 고등학교 시절과 대학진학 때까지의 삶의 이력이다.

스물다섯 살, 다시 빈손으로 세상에 맞서다

불행하게도 불은 한 번 더 나를 찾아왔다. 너무나 잔인한 불청객이었다. 1987년 겨울의 일이었다.

내가 대구를 떠나 서울로 올라온 것은 1982년 2월이었다. 당시 우리

가족은 대구에서의 힘든 삶을 정리하고 상경을 택했다. 그 결정적인 계기는 내가 서울로 대학을 가겠다는 뜻을 아버지가 받아들였기 때문이다. 그 무렵과 그 후 몇 년간의 삶은 역시 앞의 글 「절망 속에서 더듬어 온 희망의 길」에서 대충이나마 밝히고 있다. 「폐결핵과 가난의 기억」과 「절망 속에서 더듬어온 희망의 길」은 잡지 『샘터』 2017년 7월호와 8월호에 발표한 것이다.

잠깐 그 시절로 다시 돌아가 보자. 우선, 내가 고등학교를 졸업할 수 있었던 것은 학비를 제대로 내지도 못하는 내게 학교재단에서 등록금을 면제해 주었기 때문이다. 고등학교 2학년 말 때 얻은 폐결핵으로 나는 당시 심신이 지칠 대로 지쳐 있었다. 하지만 분명한 것은, 그때의 기억은 내가 몸이 아팠다는 사실보다는 가난해서 학비를 제때 내지 못했다는 기억이 더 쓰라린 것이었다. 가난은 내게 너무 부끄러웠다. 학비를 내지 못하고 학교를 다녔던 청춘의 한 시기는 참으로 견디기 힘든 것이었다. 나는 대구에서의 그런 기억을 지우고 싶었다. 서울로 가겠다는 내 뜻은 거기에서 비롯된 건지도 모른다.

그때 서울로 오고 싶었던 내 강한 뜻을 받아 들여 준 사람은 아버지였다. 고마웠다. 그때 아버지가 들려준 말에서 아직도 튼튼하게 내 기억에 자리 잡고 있는 것은 "아무것도 가진 것 없는 사람은 오히려 서울이 더 벌어먹고 살기 좋다."였다. 아직도 그 말이 생생하게 들리는 듯하다. 우리 가족은 그 말을 밑천 삼아 서울로의 이사를 행동으로 옮겼다.

어쩌면 아버지는 원래 서울에서 청춘의 한 시기를 보냈던 사람이라

서울행이 낯설지 않았는지도 모른다. 충청북도 단양의 오지마을에서 태어나 서울의 한 사립대학에서 국문과를 다녔던 이력이 있었다. 젊은 날 대구에 정착하여 모 라면회사 대리점을 하는 등, 사업가로서의 삶을 사셨다. 직물공장 화재 등, 다사다난했던 대구에서의 삶을 정리하고 서울로 올라온 아버지는 이런저런 일을 하며 가계를 이어가려고 노력했지만, 세상사 쉽지 않았기에 적지 않은 갈등과 고민을 안고 살아가셨다.

우리 가족은 상경 후 서울 변두리에서 월세 2만 원인가 3만 원인가 하는 허름한 단칸방 생활을 몇 년이나 계속하였다. 그렇게 힘들게 겨우 삶을 살아가던 아버지는 서울 온 지 5년 만에 병을 얻어 1987년 봄, 세상을 떠나셨다. 아버지가 고등학교를 다녔던 원주 땅의 어느 공원묘지에 아버지를 묻고 나는 또 내 삶을 이어가야만 했다.

아버지는 서울 생활 몇 년 만에 처음으로 월세에서 전세로 신분변동을 하고 저 세상으로 먼 길 떠나셨다. 하지만, 불행하게도 그 전셋집이 불에 탄 것이다. 어린 동생과 단둘이 살던 그 허름한 전셋집에서 나는 이미 세상 뜬 부모님을 생각하며 바쁘게 청춘을 보내고 있을 때였다. 대부분의 것이 불타 버렸다. 입고 있던 옷 한 벌과 어린 동생에 대한 책임 감만 덩그러니 남아서 다시 한 번 나를 태우고 또 태웠다. 불타버린 집에 머물렀던 겨울바람이 가슴 속을 헤집으며, 내게, 어떻게 살아갈 거냐고, 어떻게 살아갈 거냐고, 끊임없이 묻고 있었다. 1987년이 저물어가던 12월의 어느 날이었다.

그렇게 만난 불은 나의 이십 대 중반의 삶을 또다시 매서운 세상으

로 몰아넣었다. 불탄 집을 지어내라고 하던 집주인과의 소송이 시작된
것이다. 사백오십만 원 전세보증금의 일부인 이백만 원이라도 돌려달
라고 했던 나의 제의를 거절했기에, 나는 처음에는 국선변호사를 선임
해서 재판에 임했다. 화재의 원인이 나의 과실과는 무관한 것이었기에
그 후 몇 번의 과정을 거쳐 승소를 했지만, 다시 판결을 거부한 집주인
은 내가 아무런 경제적 능력이 없는 학생인 것을 알았는지, 다시 변호사
를 선임해 나를 압박해 왔다. 나는 쉽게 끝나지 않은 소송에 조금씩 지
쳐가고 있었다. 동생의 학비를 책임지며 형의 역할, 가장의 역할을 해야
만 했던 나의 노력에도 피로가 몰려오고 있었다. 다시 변호사 선임을 위
한 돈을 마련해야만 하는 부담도 내 삶의 의지를 억누르는 것이었다.

집을 잃고 동가식서가숙하였다. 다행히도 주위의 사람들은 오갈 데
없는 우리 형제들에게 잠자리를 제공해주고, 입을 옷도 건네주고, 밥도
사주는 등, 따뜻한 마음을 베풀어 주었다. 그때의 친구들, 선후배님들,
지인들에게 이 자리를 빌려 진심으로 감사의 말씀을 올린다.

그 후에도 전세보증금 반환 소송은 쉽게 끝나지 않았다. 시간이 오
래 걸렸고 힘들었다. 그래서 나는 모든 것을 접고 내 갈 길을 찾아 나서
야겠다는 생각으로 소송 도중에 쌍방이 합의하여 전세보증금의 일부를
받았다. 이백만 원을 받았다. 그리고 변호사 비용 등을 지불하고 나니,
일백여 만 원 남짓 내 손에 쥐어졌던 것으로 기억된다. 그렇게 나는 그
걸 밑천으로 다시 내 삶을 찾아 세상에 문을 두드렸다.

내 청춘의 시기에 나를 불행으로 몰아넣었던 불은 그렇게 두 번이

다. 이 두 번의 화마로 나는 참 많은 것을 잃었다. 지독한 가난이 찾아왔고, 그로 인해 건강도 잃는 계기로 작용했고, 아버지도 가족도 힘든 삶을 살아야 했다. 그때의 세세한 삶을 글로 풀어내는 데는 한계가 있다. 무엇보다 작은 누나와 여동생이 헤쳐 나갔던 삶은 차마 들추어내지 못하겠다. 힘들었던 가족사와 가난의 얘기는 여기까지가 적당할 것 같아 이만 멈춘다. 주위에는 여전히 힘든 삶을 살고 계시는 분들이 적지 않을 것이다. 보잘것없는 내 젊은 날의 기록이지만, 이 글이 그런 분들에게 살아가는 데 도움이 되고 위안이 되었으면 하는 바람을 가져본다.

되돌아 생각하면, 분명한 것은 이렇게 힘든 시기를 헤쳐 나갈 수 있었던 힘은 내가 긍정적인 성격을 가졌기 때문이라는 생각을 해본다. 천성적으로 낙천적인 편이다. 그리고 장남이고 장손으로서의 책임감이 강했던 것 같다. 가난한 집안의 장남. 그것은 늘 내 어깨를 짓누르는 것이었다. 하지만, 부지런히 살다 보면 어떻게든 살아 나갈 수 있다는 생각은 내 근본에서 비롯된 것이고, 내가 겪은 고생에서 꽃 핀 것이라는 생각을 해본다. 지금까지의 내 삶에 도움을 준 분들도 나의 이런 성격과 노력에 박수를 보내준 것이리라. 고맙다. 아름다운 사람들이여.

다음에 소개하는 시는 아우를 데리고 어려웠던 삶을 헤쳐 나가던 때의 이야기가 녹아 있는 「적금통장」 (시집 『사선은 둥근 생각을 품고 있다』에 수록)전문이다.

허파를 다쳐 자신이 날아갈 길을 재다 말다 하는

새의 숨결처럼

한 푼 두 푼 모았다.

어쩌다 끼니를 거르거나, 제대로 쓸 것조차 없는

가계부처럼 갈팡질팡할 때도 있었지만,

신념처럼 습관처럼

만기날짜를 꼭꼭 품고 있었다.

그걸로 대학을 다닌 아우는

형에게 밥 사 먹는다고 하고서는

시집을 사서 굶주린 배를 채우기도 했다.

적금통장 같았던

형의 숨결과 깊이를 고스란히 간직하고 있다며

술 마시다 말고 갑자기

길가에 핀 개나리, 진달래, 벚꽃, 조팝나무 꽃을 찍어

훼손되지 않은 꽃향기를 보내온 아우에게

형은

만기가 된 적금통장을 찍어

문자 대신 답장으로 보내 주었다.

-오석륜 「적금통장」 전문

아우에게 띄우는 편지

너의 손에는 기쁨과 슬픔에 대한 추억이 어우러져 있다

아우야. 지금은 달이 동지섣달 긴긴밤을 횡단하는 시간. 문득, 저 달의 횡단처럼 너와 내가 이 악물고 추운 겨울밤을 헤쳐 나가던 시절이 떠오른다. 배고픈 시절에는 겨울이 가장 서러운 계절이었다. 아버지 어머니 세상 떠나시고, 형제 둘이서 잠을 청하던 자그마한 자취방에서 가장 뜨거운 온기는 서로의 체온이었다. 그래, 그때의 온기를 소환하며 이렇게 너에게 편지를 쓴다.

나와는 여덟 살 차이였기에, 언제나 너는 내게 어린 아이였다. 네 어린 시절, 나는 유난히 너의 새끼손가락 만지는 것을 좋아했다. 너만 보면 특히 새끼손가락을 만지고 또 만졌다. 너무 귀엽고 예뻤기 때문이다. 때로는 그 새끼손가락을 입으로 깨물기도 하였는데, 그럴 때마다 아프다며, 깨물지 말라고 소리쳤다. 그래도 틈만 나면, 네 새끼손가락을 만지고 깨물고 하였다. 잠을 잘 때는 네 새끼손가락을 쥐고 잠을 청했다. 그러면 너무 포근했다. 그것을 기억하는지 모르겠다. 그렇게 오랫동안 너의 새끼손가락은 내게는 살아 움직이는 따스한 장난감 같은 것이었다.

그런데 그런 너의 손가락이 한없이 슬프게 보일 때가 있었다. 그것은 바로 병든 어머니가 아프다며 당신의 배꼽 주위를 손으로 꾹 눌러달라고 하실 때였다. 내가 어머니의 배꼽 주위를 꾹 누르면 어머니는 아픔이 조금은 가신다고 하셨다. 내가 지치면 그때는 네가 어머니의 배꼽 주위를 또 꾹 누르곤 했다. 아마도 그때 네 나이가 대여섯 살 남짓. 어린 손으로 누르다가 힘이 들면 어머니 배꼽에 눈물을 떨구었던 기억이 난다. 어른이 된 지금, 너에게 이런 기억이 남아 있는지 모르겠다. 그러고 보면 그때 너는 손으로 슬픔을 배운 셈이다. 어머니는 네가 눌러준 손의 힘으로 잠시 아픔을 잊었을지도 모른다. 그러나 어머니는 얼마 지나지 않아 제 세상으로 먼 길 떠나셨지. 네가 여덟 살 때였다.

부모와의 이별과 가난에도 잘 커주어서 고맙다

네가 태어난 대구를 떠나 서울로 온 것은 초등학교 5학년 올라갈 때. 그때 네가 서울에서 살게 된 이유는 바로 형인 나 때문이다. 내가 아버지를 졸라 서울로 올라오자고 했기 때문이다. 거기에는 나의 대학진학과 함께, 큰 도시로 가면 가난을 극복하며 어떻게든 살아갈 수 있겠다는 생각이 작용했는지도 모른다.

너는 어릴 때부터 얌전하고 성실하여 말을 참 잘 들었다. 서울에 와서도 금세 잘 적응하는 네가 고마웠다. 신경 쓰게 하지 않았다. 공부도 잘했다. 그러나 서울 온 지 5년 만에 아버지를 잃은 것은 너와 나의 운명이었다. 그때 네 나이 열일곱 살이었으리라. 지금 와서 고백하건대, 나는 아버지가 돌아가셨어도 어떻게든 울지 않으려고 마음 단단히 먹고 있었는데, 네가 우는 모습을 보면 나는 정말 울음을 참기 어려웠다. 지금도 그 생각을 하면 눈시울이 뜨거워진다.

돌아보면, 그때 우리가 맞이했던 삶에서 슬픈 일은 아버지의 죽음과 함께, 또 다시 우리가 살던 허름한 집에 불이 난 일이었다. 기억할 것이다. 모든 것을 다 잃어버렸다. 형제 둘 만이 살아가는 삶은 결코 쉬운 일이 아니었다. 지금 내 기억에, 그때 너는 오갈 데가 없었는데, 어디서 잠을 청하고 살았는지 명료하게 기억에 남아 있지 않다. 나도 여기저기 방황하며 살았던 기억이 지배적이기 때문이다.

그래도 우리는 다시 방을 얻어 살았다. 생각해보면, 그때 우리 형제는 가장 열심히 살았다. 네가 고등학교 다니던 때라, 부모 잃고 가진 것 없던 때였기에 혹여 삐뚤게 나가지 않을까 노심초사하였다. 하지만, 다행히도 너는 잘 커주었다. 그리고 착한 동생이었다. 내가 밥을 제때 해주지 못하였다. 나도 살기 바빴던 때였다. 그래도 일정한 돈을 주면서, "일주일 동안 얼마 되지 않는 돈으로 살아가라"고 하면, 불평불만 한 마디 하지 않고 살아주었다. 그런 네가 대견했다. 그리고 그렇게 어려운 환경 속에서도 시를 가까이 하고, 시를 쓰는 네 모습을 지금도 또렷하게 기억하고 있다. 그때 열심히 시집을 읽고 시를 쓰는 너를 타일렀던 형을 기억하고 있으리라. 시 쓰는 일보다 공부 열심히 하라고 재촉했던 것.

그때 무엇보다 안타까웠던 것은 너도 형처럼 고등학교 시절 결핵성 늑막염을 앓았을 때였다. 아, 어찌하여 형제는 불안한 유전자를 공유했는지, 지금 생각해도 참 슬픈 일이었다. 제때 못 먹고 산 것이 원인이었을지도 모른다는 생각을 하면, 참 마음 아픈 일이다. 그래도 형을 믿고 의지하며 바르게 커준 네가 너무 고마웠다.

네가 시인이 되던 날의 기억은 오래도록 기억하고 싶다

다음 시는 네가 지방 모 신문의 신춘문예에 당선되었던 작품이다. 난 지금도 이 시를 참 좋아해서 몇 번이나 읽고 또 읽는다. 그리고 자랑스럽게 내 주위의 사람들에게 소개하고 또 소개하고 있다. 그 전문을 옮겨 다시 한 번 그때의 감흥을 소환하고 싶다.

뿌리의 생각들이 하늘을 이고 있다
이곳에선 오래된 바람이 나무를 키운다
누구나 마음 한구석 풀리지 않는 의문 하나씩 갖고 있듯
나무는 잎사귀들을 떨어뜨려 그늘을 부풀게 한다

볕이 떠나기 전에 오래된 바람은 칭얼거리는 나무를 타이르고

흙이 부지런히 물질을 서두르는 동안 뿌리가 생각을 틔우는지

다람쥐들이 가지를 오른다, 햇볕의 경계에서 숨은 그림을 찾듯

나는 발걸음을 멈추고 그들이 흘리는 소리를 줍는다

나무의 숨결을 일으켜 세우기 위해

바람은 손끝이 저리도록 열매를 주무른다

그때마다 잎사귀들 웃음소리가

숲이 안고 있는 침묵의 당간지주를 흔들었다

나무가 발끝을 세워 마른 솔방울을 떨어뜨리는 사이

지나온 시절 앙다물고 뭉쳐있는 마음의 응어리를 가늠해본다

여물지 못한 생각을 방생해야겠구나

숲에 와서 가슴 한켠에 나무 하나 심는다

열매가 익고 있는 소리들이 새들의 귀를 씻는 시간,

해가 지면 수목원은 고여있던 생각들을 태워

하늘로 오르는 길로 벌건 잉걸을 뿜어 올린다

「오래된 수목원」 전문

시인으로, 명강사로 성장한 모습이 대견하다

아우야, 무엇보다 네가 고마운 것은 지금은 명 강의를 하는 명강사
로, 그리고 시인으로 성장하여 이 사회를 이끌어가는 존재가 되었기에

한 없이 고마울 뿐이다. 생각해보면, 네가 겪어온 삶을 충분히 헤아리지 못한 점 많았으리라. 내가 정성을 다하지 못한 점도 있었으리라.

그러나 다 잊고 더 나은 내일을 향해 가는 아우가 되길 빈다. 작년에 내가 집 정리를 하면서, 젊은 날 네가 객지에서 나에게 보내준 편지를 발견하고는 몇 번이나 읽은 적이 있다. 형에 대한 그리움을 표현한 그 글을 오랫동안 간직하련다. 곰곰이 생각해보면, 나는 너에게 제대로 된 편지 한 장 써주지 못했다는 부끄러움이 밀려든다. 부디 이 글을, 이 편지를, 그동안 하지 못했던 내 마음으로 받아들여주기 바란다.

그리고 재작년인가 네가 나에게 우연히 건네준 손 편지를 읽다가, 네 글씨체가 학생시절 그대로인 것을 보고, 느낀 점이 있어 시로 남겨둔 것이 있다. 여기에 옮기며 편지를 마칠까 한다. 늘 건강하여라. 아우야. 아우야.

몇 십 년 만에 아우가 직접 손으로 써서 건넨 쪽지를 읽다가
갑자기 눈물이 핑, 돌았다.
그도 이제 지천명인데, 내 글씨체를
변하지 않은 내 고유의 글씨체를
아직도 고스란히 간직하고 있었다니.

결혼 후 떨어져 살았어도 형제의 숨결은
핏줄처럼 흐르고 있었던 것일까.

어린 시절 부모를 잃고서 허허로웠을 성장기에

나의 일상과 나의 습관이 적잖이 의지가 되었으리라.

흠결 많은 내 청춘의 날들을 보상받는 듯하여

아우의 손을 꼭 쥐어주고 싶은

그 순간,

아버지의 글씨체를 따라 쓰고 싶어 했던 내 어린 날의 추억이

불쑥, 불쑥, 소환되는 것은 어찌 된 일인가.

공동의 유산처럼 보존된 아우의 글씨체를 보고,

또 보았다.

「핏줄」 전문

(근간, 시집 『사선은 둥근 생각을 품고 있다』에 수록)

내 인생의 팔할은 도전과 습관의 산물이다
- IMF 외환위기를 거쳐 현재에 이르기까지

다시 시계바늘을 IMF 외환위기가 찾아왔을 때로 돌려보자. 1997년 말과 1998년 초. 대한민국은 격랑에 휩싸였다. 그 이후로도 계속된 고용 불안은 대한민국 근로자들의 삶을 위협하였다. 어쩌면 대한민국의 운명을 위태롭게 하는 것이기도 했다. 수많은 사람들이 직장을 잃었다. 사업하던 사람들의 상당수는 부도로 몰려 폐업이란 절망의 늪에서 허덕였다. 사라지는 기업이 속출하였다. 그야말로 대한민국의 일상에 신음소리가 깊이 배여 있던 시절이었다. 아마도 이 시절의 경험이 사람들에게 특히 대한민국의 젊은이에게 흔히 말하는 '공무원', 혹은 '안정된 공기업', '고용불안 없는 직장'을 선호하게 하는 원인이 되지 않았을까 하는 생각을 해본다.

나도 그 무렵 회사를 나왔다. 많이 힘들었다. 방황과 혼란이 있었다. 석사과정을 마치고 스물일곱이라는 젊은 나이에 대학에서 강의를 시작했고, 얼마 지나지 않아 대기업 연수원에서 교수로 근무하였기에, 더 이상 힘든 생활은 하지 않겠다는 생각을 하고 있었다. 하지만 나도 IMF 외환위기의 소용돌이를 비켜가지 못하였다. 물론, 당시 부족하지만 나의 재능, 그리고 성실성을 믿고 다른 기업을 추천해주거나, 내게 손을 내밀었던 곳도 있었지만, 나는 그때 내가 하고 싶은 일을 하겠다는 결단을 내렸다.

내게 천직은 '가르치는 일'이라는 확신이 있었다. 새로운 목표는 나를 오히려 집중하게 만들었다. 이미 시련을 통해 다져진 건강한 정신력은 변하지 않는 내 자산이었다. 그동안 먹고 사느라 미루어왔던 공부를 하겠다고 마음먹고 박사과정에 입학한 것이다. 그 이전부터 대학교수를 꿈꾸었지만, 박사학위가 없어서 번번이 실패했던 경험이 있었기 때문이다. 그때가 서른여덟이었다. 이 시기를 전후로 나는 강의와 번역 일을 병행했다. 돈을 버는 일에도 게을리 하지 않았다. 모 대학 교육원에서 매일 5시간씩 일주일에 25시간, 그리고 이 대학 저 대학에서 7시간 강의를 하는 등, 모두 32시간의 강의를 소화한 적도 있었다. 본격적인 박사과정 공부가 시작되고는 일을 줄였지만, 그래도 적지 않은 강의를 소화해 냈다. 그리고 번역도 했다. 엄청난 강행군이었다. 몸은 피곤했지만, 정신은 튼튼했다. 그리고 이 새로운 도전은 오히려 조금씩 나를 다시 꿈꾸게 하는 일상으로 바꾸어 놓고 있었다. 결코 천성이 부지런한 것은 아니다. 끊임없이 무언가를 하겠다는 생각이 부지런한 사람을 만드는 것이다. 나는 그런 생각의 실천자일 뿐이다.

입학하고 3년 반 후에 박사학위를 받았다. 그리고 대학의 부설연구소에서 전임연구원 생활도 6년이나 했다. 연구원 생활을 하는 동안에도 연구와 강의와 번역이 내 일상을 지배했다. 그때 따뜻한 격려와 배려를 해주신 공로명 소장님(전 외교부 장관, 현 동아시아재단 이사장)과 홍윤식 소장님(전 동국대학교 교수)은 잊을 수 없는 분들이다. 그분들에게서 어른이 젊은이에게 베풀어야 하는 삶의 자세가 무엇인지를 배웠다. 그리고 어른이 되어도 열심히 사는 삶이 무엇인지와 그 삶의 방향을 배웠다. 두 분은 한결같이 따뜻하였다. 상대방을 불편하게 하지 않는 배려의 미덕을 갖추고 계셨다. 또 열심히 사는 사람을 도와주려고 하셨다. 고마울 뿐이다.

그러나 아쉽게도 홍윤식 소장님은 올봄, 삼도천을 건너야 하는 운명을 피하지 못하고 고인이 되셨다. 더 이상 고통이 없는 저 세상에서 영면하시길 빈다. 연구소 재직 시, 나에게 일본의 모 국립대학 교수를 추천해주시고, 나의 발전을 위해 여러 가지 애써주신 점은 쉬 잊힐 것 같지 않다.

마흔 일곱에 교수가 되고, 시인으로 정식 등단했다. 모두 늦은 나이다. 돌아보면 고난의 행진이었다. 먹고 살기 힘든 삶이었다. 하지만, 분명한 것은 늘 꿈을 갖고 살았다. 그리고 도전했다는 것. 그리고 습관처럼 부지런한 일상을 놓지 않았다는 것. 이것이 내 삶의 원동력이 아닐까 하는 생각을 해본다. 지금도 나는 꿈을 꾼다. 계획된 일상을 갖고 산다. 나를 찾아주는 사람이 생겼다는 것은 얼마나 행복한 일이고 고마운 일인가.

삶이란 늘 도전의 연속이다. 왜 도전이 아름다운 것일까. 그것은 포기하지 않는 자에게 부여하는 성취의 기쁨 때문이리라. 설령 성취의 기뿜을 얻지 못하였다고 해도 결과에 이르기 위한 과정은 매우 유효한 경험으로 작용한다. 그 축적된 경험은 단지 목표로 했던 바가 이루어지지 않았더라도 삶의 여러 다른 방향으로 건강하게 작용할 수 있다. 왜냐하면 세상은 고립된 공간, 고립된 사고만으로는 버틸 수 없는 유기적 조직의 다른 이름이기 때문이다.

채 철이 들기도 전에 만났던 가난과 부모와의 이별, 그리고 동생의 미래까지 보살펴야 한다는 장남으로서의 책임감은 적잖은 고통과 인내를 수반하였다. 그러나 돌아보면, 거기에서 생겨난 극복의 힘은 결코 태생적으로 갖고 있던 내 유전자의 힘이 아니라, 부딪히며 얻어내야겠다는 도전의 힘이었다. 내 인생의 팔할은 도전과 습관의 산물이다.

부디 내 삶의 고백 혹은 기록들이 이 시절을 살아가는 사람들에게 희망의 울림이 되었으면 하는 바람, 간절하다. 세상은 열심히 살아가는 자가 주인공이다. 그래야만 공평한 것이다. 이 믿음은 영원히 유효할 것이다.

번역의 인생학
- 번역가로 성장하기까지

    많은 독자들이 나를 '일본어 번역가'로 기억하지만 나는 애초 직업으로서의 번역가를 꿈꾸던 사람은 아니었다. 어릴 적 내 꿈은 시인이었다. 하지만 언젠가부터 번역은 내 삶의 귀중한 동반자가 되었다. 번역은 생계 걱정을 하고 살던 고학생 시절, 가난의 기억과 맞닿아 있고, 일본어라는 낯선 외국어에 능통해지기 위한 중요한 학습의 한 형태이기도 했다.

    내가 처음으로 번역을 한 것은 대학 3학년 때쯤이었다. 당시 교수님께서 아르바이트 삼아 권해준 초벌 번역 일감은 그리 어렵지 않은 일본 추리소설이었다. 그 많은 학생 중에서 나를 지목하여 번역 일을 맡겨준 것이 고마웠지만 동시에 적지 않은 두려움이 밀려왔다. 기대를 저버리지 않으려고 무척이나 열심히 노력했지만 엄청난 시간이 소요됐다. 후에 출판사 관계자가 나를 불러 조언을 해주었는데, 정말 많은 도움이 되고 자극이 되었다. 남을 불편하게 하고 싶지 않아 하는 내 성격상, 번역의 품질에 대한 시비를 없애기 위해 주어진 작품을 최선을 다해 번역하려고 노력하는 계기가 되었기 때문이다.

그 후 나는 석사과정을 졸업할 때까지 크고 작은 번역 일을 했다. 어찌 보면 운이 좋았다. 문학을 좋아하고 대학 때 시를 썼던 사람이라는 이미지도 한몫했다. 번역은 고된 작업이었지만 과외가 법으로 금지되어 있던 시절이라 나처럼 가난한 사람에게는 값진 부업이었다. 일본 유학을 다녀오지 않은 나는 모르는 말이나 표현하기 어려운 단어는 따로 메모를 해두었다가 일본인이나 전문가에게 물어서 꼭 알고 넘어갔다. 그런 습관은 자연스럽게 일본어 문장에 대한 두려움을 없애주고 자신감을 키워주는 데 크게 작용했다.

더불어 나는 당시 일본어 관련 출판사에서 나온 일본어 원문과 한국어 번역이 동시에 편집되어 있는 대역문고를 중요한 텍스트로 생각하고 매달렸다. 책의 구성을 보면 한 쪽 면은 일본어 원문이고 다른 한 쪽 면은 한국어 번역이었다. 소설이나 명작을 읽는 재미와 함께 자연스럽게 일본어 번역에 대한 공부가 쌓여갔다. 의심나는 부분이 있으면 꼭 사전을 찾아 확인했다. 그리고 잘 익혀지지 않고 생소한 표현은 사전에 줄을 그어 표시를 해두었다.

사전을 부지런히 찾고 메모해두는 습관은 정말 효율적인 학습 방법이었다. 물론 당시 내가 사용한 건 종이로 된 사전이었다. 지금도 나는 외국어를 공부하는 학생들에게 종이로 된 사전으로 공부하라고 권한다. 그 효과를 잘 알고 있기 때문이다. 여기에 더하여 내 일본어 번역 능력에 날개를 달아준 것은 한자(漢字)였다. 어릴 때부터 한자를 잘 알고 좋아했던 나는 모르는 한자가 나오면 반드시 그 자리에서 익혔다. 그 뒤 내가 대기업에 재직할 때도 몇 년 동안 한자시험 출제위원을 했을 만큼 한자는 든든한 내 지적 자산이었다.

이런 훈련 과정을 거친 덕분인지 나는 스물여덟 살 되던 해에 처음 내 이름으로 된 소설 번역서를 시작으로, 지금까지 적지 않은 번역서를 출간했다. 주로 문학이나 문화 관련 책이었다. 그 외에 정부 부처나 주요 기관에서 행한 중요한 자료의 번역 등도 상당한 양을 헤아린다.

물론 나는 번역을 업으로 하는 번역가는 아니었다. 나의 모든 번역 작업은 직업을 가진 상태에서 행한 것이었다. 대기업에 다니면서도 야간이나 주말에 번역을 했고, 연구소에 근무하면서도 번역 일을 놓지 않았다. 글을 쓰고 싶었던 욕망을 번역으로 채우고 있었는지도 모른다. 그리고 늘 번역을 즐기려는 내 유전자의 욕망을 존중해주고 싶었다.

번역은 참으로 힘든 일이고 많은 인내를 요구하는 작업이다. 하지만 출간을 하면 괴로움 대신 형언할 수 없는 즐거움이 나를 휘감는다. 어려운 일본어 번역이 필요할 때 나를 떠올려주는 분들께 성실함으로 대답해주고 싶은 사명감도 있다. 그것이 내가 지금도 번역을 내 삶의 중요한 의미라고 생각하는 이유다.

또한 번역서를 출간하는 과정에서의 기쁨도 빼놓을 수 없다. 내 원고를 교정하는 편집자도 있었다. 한국어 문장이 어색한 곳은 빨간 줄을 그어 표시를 해주곤 했는데, 그것은 원문과 다시 한 번 대조해달라는 뜻이었다. 내가 일본어 원문에 빠져 있을 때, 생각지도 못했던 한국어 표현을 제시해주는 편집자는 나를 더 성숙한 번역가로 성장하게 해주었다. 그 자체만으로도 내게는 유익한 공부가 되었다. 거기에서 나는 또다시 완벽한 번역, 완벽한 문장을 찾아가는 길을 더듬었다. 그 과정이 결코 순탄치 않았지만 짜릿하고 경건하기까지 했다. 그 감정을 느껴보지 않은 사람은 잘 이해하지 못할 것이다.

공교롭게도 대학에서 전공 강의를 하던 이십 대 시절에도 나는 '일본산문 강독', '현대일본소설' 등 주로 번역과 독해에 관련한 과목들을 가르쳤다. 지금도 내가 대학에서 강의하는 과목의 하나는 '일한번역연습'이다. 어느덧 번역이 나의 일상이 되고 나의 업(業)이 된 셈이다. 번역에 관한 책으로 출간한 『일본어 번역 실무연습』(시사일본어사, 2013)도 일본어 번역 및 번역가를 꿈꾸는 사람을 위해서 만든 것이다. 이 책은 현재 6쇄를 찍으며 스테디셀러로 자리잡고 있다.

번역에도 품격(品格)이 있다. 번역한 우리말 문장이 자연스럽게 읽혀야 한다. 즉, 번역을 잘하려면 우선 우리말 문장을 잘 써야 한다. 문장을 잘 쓴다는 것, 그리고 글을 잘 쓴다는 것은 수많은 학습과정을 통해 길러진다. 그것은 비단 번역에만 통용되는 것이 아니라 우리 삶 전반에 걸쳐 필요한 노력이다.

이러한 경험과 결과물이 오늘날의 나를 있게 한 중요한 바탕이 되었다고 생각한다. 나를 키운 건 팔할이 가난과 노력이다. 궁핍했던 삶을 극복하기 위해 정면으로 맞서서 찾아낸 번역가의 길은 최선을 다하면 이루어진다는 값진 교훈을 내 가슴에 심어주기에 충분했다. 양질의 일본 문학작품 번역서가 우리의 문학과 문화 발전에 적지 않은 기여를 했다는 생각도 번역가로서 걸어온 길에 커다란 기쁨과 자부심을 갖게 한다.

    번역이라는 작업을 통해 나는 지금도 내 본래의 사명을 잊지 않으려 노력한다. 그럼으로써 앞으로도 오랫동안 주위의 많은 책들과 시선들이 내 감성을 자극하는 시간의 중심에 서 있고 싶다.

잊을 수 없는 아름다운 인연

- 아, 할머니, 할머니

사람들은 그곳을 '하늘 아래 첫 동네'라고 불렀다. 해발 858미터의 올산(兀山) 아래 파노라마처럼 원시의 풍경이 펼쳐진 충북 단양군 대강면 올산리 언덕마을. 소백의 품에서 태어나 마을을 가로질러 다시 소백의 원시림으로 길을 찾아가는 물줄기가 메아리처럼 흐르던 그곳은 겨울이면 거센 눈발이 습관처럼 산동네를 하얗게 뒤덮곤 했다.

호롱불로 밤을 밝히고 살았지만, 그 불빛보다 더 환했던 달빛이 구석구석 야생하던 짐승들의 잠을 살피고 다니던 그곳에는 가끔씩 뱀들이 부엌 황토벽을 타고 오르내리며 사람들과 공존하는 공간임을 일깨웠다. 하늘의 별들이 긴 노래를 부르며 유람을 즐기다가도 무더기로 이곳의 도랑물에 잠시 몸을 씻고 갔는지, 아침이면 도랑물가를 중심으로 별처럼 생긴 꽃들이 난만하던 그 광경을 나는 지금도 어제 일처럼 생생히 기억한다.

나는 그곳 올산리 언덕마을에서 태어났다. 어린 시절 대구로 나갔지만, 방학 때면 자주 그곳을 찾아 문명의 손길이 닿지 않은 원시의 숨소리를 들을 수 있었다. 더불어 그곳에는 때 묻지 않은 경치만큼이나 순수하고 아름다운 마음씨를 가졌던 할머니 한 분이 계셨다. 안타깝게도 나는 그녀의 이름을 알지 못한다. 생사도 확인할 길이 없다. 나이도 모르고, 왜 그녀가 그곳으로 오게 되었는지도 모른다. 그녀의 고향이 강원도 정선이고, 내 할아버지와 오랫동안 같이 사셨던 분이라는 것 외에는 기억나는 게 없다.

그러나 나는 그녀와 같이 나누었던 추억은 또렷하게 기억하고 있다. 마을로 들어서는 언덕처럼 허리가 굽어 있었고, 눈에는 사람을 편하게 하는 맑은 기운이 흐르고 있었다. 긴 머리를 곱게 빗어 올려 은비녀로 뒷머리를 고정하고 있었고, 얼굴에는 천사와 같은 온화함이 자리 잡고 있던 그녀는 자신이 살아온 세상 얘기를 하신 적은 거의 없었지만, 어린 내가 재잘거리는 얘기를 마치 친손자의 어리광을 받아주기라도 하듯 말없이 들어주셨다.

중년의 나이가 되어서도 그녀가 그립고 그녀와의 추억을 잊지 못하는 건 아마도 내게 친할머니가 안 계셨기 때문일 것이다. 불행하게도 나는 친할머니의 얼굴을 모른다. 이미 내가 태어나기 전에 돌아가셨기에 낡은 흑백사진으로 한두 번 얼핏 본 기억밖에 없다. 그나마 그 사진의 주인공도 증조할머니인지 할머니인지도 구체적이지 않다. 그래서인지 할머니에 대한 그리움은 거의 남아 있질 않았다.

또한 거기에는 내 친할머니에 대한 그리움의 빈자리를 넉넉하게 채워준 그녀의 존재도 무시할 수 없었다. 초·중·고등학교 방학 때마다 내게는 늘 할아버지와 그녀와의 만남이 기다리고 있었다. 대구에서 출발해 영천에서 한 번 바꿔 타고 다시 단양까지 가야만 하는 완행열차가 유일한 교통수단이었던 그 시절. 단양역에 도착하면 다시 '멀골'이라는 동네까지 40여 분 이상을 버스로 이동한 다음, 거기에서 또다시 산길을 한시간 가까이 걸어 올라가야만 마을 입구가 보였다. 그때는 그 길이 왜 그리 멀었을까. 그래도 힘들게 찾아간 손주를 반겨주는 할아버지와 그녀의 미소는 먼 길을 찾아온 내 피로를 말끔히 씻어내 주었다.

그곳에 머무르는 동안 그녀는 내가 먹고 싶었던 음식을 참 맛있게도 해주었다. 감자떡, 백설기, 토종닭, 식혜 등은 잊을 수 없는 맛으로 나의 추억 속에 살아있다. 직접 닭을 잡아주시던 할아버지의 모습과 함께 그녀가 해준 떡이 가장 또렷한 그림으로 남아 있다. 직접 디딜방아로 찧어서 해준 것이었고, 그 디딜방아 소리는 마치 조선의 시간과 대한민국의 시간이 하나로 이어지는 듯한 묘한 기분으로 나를 이끌었다. 아궁이에서 타다 남은 숯을 갖고 와서 지펴주던 화롯불에도 그녀의 향기가 오랫동안 남아 내 몸을 훈훈하게 덥혀주었다.

지금도 고마운 기억은 내가 먹고 싶어 하는 군것질거리를 사기 위해 단양 오일장에 갔다 오시던 때의 일이다. 멀미를 해서 차를 잘 타지 못하는 그녀는 아침 일찍 마을을 출발해 단양 오일장까지 걸어가 물건을 산 뒤 짐 보따리를 들고 와야 했다. 짐을 인 채로 그 먼 길을 혼자 걸어 마을에 도착하면 이슥한 밤이었다. 그때는 어린 시절이라 그 고마움을 잘 몰랐다. 지금 생각해보면 참으로 눈물겨운 사랑이 아닐 수 없다.

그래서인지 방학을 마치고 대구로 돌아갈 때는 나도 모르게 눈물이 주르륵 흘렀다. 언덕마을을 넘어서까지 줄곧 나를 쳐다보시며 흘리던 그녀의 눈물이 아직도 내 가슴을 타고 흐른다. 1983년 할아버지가 82세를 일기로 세상을 뜨자, 그 후 그녀도 그 마을을 떠났다. 서울에서 대학 2학년을 다니고 있던 나는 시골로 내려가지도 못했으니, 결국은 한꺼번에 할아버지와 그녀를 모두 떠나보내고 만 셈이다. 30년 이상이 지난 몇 해 전 그 마을을 찾은 김에 그녀의 행방을 수소문했지만, 아무도 그녀의 소식을 알지 못했다. 사라진 집터만큼이나 공허한 시간이 슬프기만 했다.

또 한 해가 저물고 있다. 얼굴도 모르는 나의 할머니를 대신해, 아직도 그녀는 내 가슴속에서 살아 움직이는 애틋한 사랑이고 그리움이다. 아니, 그녀에 대한 추억만으로도 내 인생은 늘 따뜻했다. 한 해의 끝자락이 가까워진 지금, 문득 내 삶을 되돌아본다. 과연 나도 그녀의 삶처럼 누군가의 빈자리를 채워주며 남의 외로움을 헤아리며 살고 있을까?

곧 한 해의 마지막을 알리는 종이 연이어 울릴 것이다. 종소리는 다음 종소리가 이어질 때까지 절대로 자신의 호흡을 잃어버리지 않는다. 그 여운의 소리는 세월이 지나도 결코 잊을 수 없는 누군가와의 아름다운 연(緣)을 떠올리게 한다. 그 숨결의 정신처럼, 나 역시 주변 사람에게 지워지지 않는 아름다운 무늬 하나 새겨주고 싶은 계절이다. 12월의 밤은 올해도 그렇게 깊어갈 것이다.

다음 시 두 편은 그녀를 떠올리며 지은 것으로, 앞의 작품은 2018년에 출간한 시집 『파문의 그늘』에 실었고, 다른 한 편은 곧 발간할 시집 『사선은 둥근 생각을 품고 있다』에 실을 예정이다.

하늘 아래 첫 동네 올산리 언덕마을에서 오일장이 열렸던 단양읍의 장터까지는 족히 육십 리도 더 되는 길. 하지만, 멀미로 차를 타지 못했던 할머니는 이른 아침부터 아득히 먼 길을 걸어가 내가 좋아하던 고등어자반을 사오셨다. 나랑 피 한 방울 섞이지 않았던 그녀가 돌아올 때쯤이면 마을 입구에 있던 언덕은 미리 마중을 나가 허리를 굽힌 채 기다리고 있었고, 어슴푸레해진 길을 밝히려던 보름달도 할머니의 보자기에 매달려 집으로 오는 길을 재촉했는데, 그때 자반을 움켜쥐고 있던 비린내는 보자기 틈으로 슬금슬금 기어나가 터줏대감처럼 살고 있던 성황당 귀신을 깜짝 놀라게 하곤 했다. 줄곧 그 비린내를 빨아들이던 소금 한 움큼보다 더 짜기만 했을 할머니의 땀방울에 나는 그만, 울컥, 눈물이 났는데, 화력 좋던 그 화롯불도 자반이 다 익을 때까지 내 눈물을 말리지는 못했다.

-오석륜 「고등어자반」 전문

새벽길 떠나던 그날
보따리에 이고 간 것은
적멸로 들어간 할아버지의 혈색을
부지런히 주물러주고 떠난 안개와

혈류처럼 밤마다 꿈길을 따라왔던 도랑물 소리와
오랫동안 정들었던 멧새 울음,
그리고
다시는 못 볼 것 같은 제 얼굴이었겠지요.

잊겠다고, 잊겠다고, 다짐하며
구슬프게 울던 눈물에게
몇 번씩이나 돌아갈 곳이 어디인지를 물어보던
그때의 메아리는
주소 한 자 받아 적지 못한 후회와 슬픔을 견디지 못하고
마침내 이곳 집터를
온통 패랭이꽃 천국으로 빚어 놓았습니다.

다소곳하게 동백기름으로 빗어 넘긴 머리에,
이마에, 쏟아져 내리던 별빛처럼
지금은 더 이상 버텨내지 못하는 그리움만 무성한데
언제 다시 환생하시면,
그때는 제가,
친손자보다 더한 사랑을 받았던 제가,
할머니의 천사가 될 수 있을까요.

소백산 골짜기 소식을 들고 굽이굽이 찾아오는 우체부처럼

이 편지 읽으시거든,

이 마을의 숨결이고 젖샘인 도랑물에게

꼭 다시 이승의 품으로 흘러오겠다는

귀띔이라도 해주시지요.

-오석륜 「할머니 전상서」 전문

그리움이 일러준 삶의 길

- 나의 스승 김사엽 선생님

가을이 깊어간다. 오랜 습관처럼 다시 찾아든 그리움이 고운 단풍빛으로 물들어간다. 숲으로 찾아오는 바람의 발걸음에도 짙은 그리움이 배어 있다. 가을은 잊고 있던 누군가를 통해 그리움을 일깨우는 계절이다.

가을이 깊어지면 내게도 몹시 그리워지는 얼굴이 있다. 스승 김사엽(金思燁, 1912-1992) 선생님. 적지 않은 세월이 흘렀지만 아직도 내 꿈길은 가끔씩 그를 맞아들이고, 선생님도 생전의 다정한 목소리로 "오 군!" 하고 나를 부르시는 것만 같다.

내가 그를 처음 만난 건 대학 2학년 때인 1983년 봄, 그의 수업을 듣게 되면서부터였다. 강의실 밖 캠퍼스엔 아름다운 꽃들이 자태를 뽐내고 있었지만, 그의 강의실은 언제나 한겨울처럼 엄숙했다. 저명한 국문학자일 뿐 아니라 일본어문학과 번역에도 정통했던 선생님은 미리 공부를 해오지 않거나 발표를 제대로 하지 못하는 학생에게는 눈물이 쏙 빠질 만큼 호된 질책을 가리지 않았다. 배우는 자(學生)의 불성실함을 경계하는 그의 꾸지람에 학생들은 부끄러움으로 이내 얼굴이 붉어졌다. 그리하여 그의 강의실에는 언제나 품격 높은 강의와 그 강의를 귀담아들으려는 진지한 열기가 가득했다.

그해 5월, 중간고사 채점결과를 알려주던 어느 날이었다. 시험문제에 대해 간단한 설명을 끝낸 그가 난데없이 "오석륜 군이 누군가?" 하고 물어왔다. '교수님이 왜 나를 찾으시는 걸까?' 머뭇거리며 손을 들어올리는 내게 전혀 기대하지 않았던 칭찬이 들려왔다. "오 군, 자네는 이번 시험에서 만점을 맞았어. 그런데 이번에 학교 신문에 실린 시(詩)가 자네 작품이 맞는가?"

나는 다시 기어들어가는 목소리로, "예." 하고 대답했다. 선생님은 "어디에 갈까 언제쯤일까 나는 강 다스리는 자유를 찾으러 // 침묵 흐르는 강, 새는 구체적인 슬픔을 파닥거린다 / 가난함에서 / 가난함까지 뿌리 내린 씨앗 / 몇 점 바람을 얻어 발화(發花)를 서두르며 흐른다"로 시작되는 내 졸시 「일기의 강」을 잘 읽었다고 하시며 강의가 끝나면 연구소로 찾아오라고 했다.

그의 연구소에는 여태껏 본 적 없는 수많은 일본 관련 책들이 내 호기심을 자극하고 있었다. 일본학연구소장을 맡고 계시던 선생님은 내가 찾아가자 일본어 시집 한 권을 꺼내주며 "자네 시와 이 시인의 시적 경향이 비슷하니 한번 읽어보게." 하고 권하셨다. 나는 그 후 선생님께 빌려온 시집을 여러 번 정독했다. 어려운 시도 있었고, 몇 번씩 읽어도 이해 안 되는 시어도 있었지만, 그러는 사이에 시인의 짙은 서정성이 가슴으로 흘러들어오는 짜릿한 경험들이 반복되었다.

그때 내가 읽은 책은 일본의 근현대 시단을 대표하는 서정시인 미요시 다쓰지(三好達治, 1900-1964)의 작품집이었다. 그때의 감흥 때문이었을까. 나는 결국 미요시 다쓰지에 대한 연구로 석사, 박사학위를 받았다. 그 인연으로 한국에서는 처음으로 이 일본시인의 작품을 번역하여 시선집(詩選集)인 『미요시 다쓰지 시선집』(2006)을 내기도 했고, 그의 작품에 관한 논문들도 적지 않게 발표하였다. 『미요시 다쓰지三好達治 시를 읽는다』(2019)는 그러한 연구의 결과물이다. 말하자면 스승이 권해준 한 권의 시집이 훗날 학자로서의 연구 주제로까지 이어진 것이다.

그 후에도 선생님은 강의 시간마다 내 자존감을 높여주는 말씀을 많이 해주셨고, 가끔씩 옥수동 자택으로 불러 공부에 대한 조언을 해주셨다. 당시로는 보기 힘든 〈NHK 홍백가합전(紅白歌合戰)〉을 비디오로 본 것도 선생님 댁에서였다.

돌이켜보면 참으로 감사하고 아름다운 추억이 아닐 수 없다. 가끔씩 당신의 저서에 '청계(淸溪)'라는 호를 써서 선물해주시기도 하던 그는 내게 정말 많은 은혜를 베풀어준 분이었다. 대학 3, 4학년 여름방학 때 연구소에서 발행하는 잡지의 편집과 교정 아르바이트를 하게 해주신 일도 나의 어려운 형편을 아시던 선생님의 따뜻한 배려였다. 그 후에도 이런저런 일로 과분한 사랑을 받은 것을 헤아리면 지금도 가슴이 먹먹해진다.

선생님은 1992년 하늘나라로 홀연히 떠나가셨다. 선생님과의 인연이 끝났다는 상실감은 한동안 나를 몹시 괴롭혔다. 그런데 내게 스승과의 인연을 다시 이어갈 일이 일어났다. 제자 및 지인들 사이에서 『金思燁 全集』을 발간한 것을 계기로, 그의 학문적 업적을 기리기 위해 정부로부터 문화훈장을 추서받을 수 있도록 추진해보자는 의견이 나왔던 것이다.

스승에게 받은 남다른 사랑을 마음에 깊이 간직하고 있던 나는 그 진행 작업을 자청하고 나섰다. 생각처럼 간단치는 않은 일이었지만 적지 않은 시간과 노력으로 만들어 제출한 공적서(功績書) 등을 검토한 정부에서 마침내 스승에게 '은관문화훈장'을 수여하겠다는 결정을 알려왔다. 내가 그 일에 얼마나 헌신적으로 매달렸는지 잘 알고 있던 지인들은 "오 박사, 축하하네. 살아 있는 스승도 모시지 않는 세상인데, 돌아가신 스승의 업적과 행적을 찾아 국가에 훈장 신청을 하다니 대단해." 하며 칭찬과 격려를 보내주었다. 그렇게 해서 나는 조금이나마 스승에 대한 마음의 빚을 갚을 수 있었다. 지금도 나는 이 일을 내 평생 가장 행복했던 일로 기억하고 있다.

생각해보면 이 모든 게 스승을 가슴에 품고 그리워하며 살았기에 가능한 일이었다. 한번 스승으로 모신 인연을 끝까지 마음속에 품고 사는 것은 스승을 위한 일이기도 하지만, 어찌 보면 자기 자신을 위한 일인지도 모른다. 조금이나마 스승을 닮아보려는 노력이 삶을 더 충실하게 변화시키기 때문이다.

사제지간뿐만 아니라 우리의 삶도 마찬가지다. 세상이 점점 각박해질수록 가슴속에 누군가를 품고 산다는 것, 누군가를 그리워하며 산다는 것보다 더 아름다운 삶이 있을까. 지금도 나는 가을이 되면 스승의 인자했던 모습을 떠올리곤 한다. 그리운 스승 김사엽 선생님! 오늘밤 꿈에 그를 찾아가 "선생님께서 베풀어 주신 사랑 덕분에 이제는 제가 교육자가 되어 삶을 더 아름답게 꽃피우고 있습니다." 하고 전해드리리라.

다음은 이 글에 나오는 졸시 「日記의 江」 전문이다. 대학 2학년 때인 1983년 5월 24일 화요일 「東大新聞」에 실린 것을 옮겨 본다.

1
어디에 갈까 언제쯤일까 나는 江 다스리는
自由를 찾으러

沈默 흐르는 江, 새는 구체적인 슬픔을 파닥거린다
가난함에서
가난함까지 뿌리 내린 씨앗,
몇 점 바람을 얻어 發花를 서둘러 흐른다.
자꾸 흘러 흘러 시간의 그리움을 낳고
지금, 건강한 水馬로 살아남아 아슴아슴
일어나 노래하는 여유, 타령인가?

2
타령인가? 노래로 밤안개와 그림자를 걷어부치고

물결 접어 주름치마 만들었다.

그래.

죽은 어무이에게

갖다 드리고 싶었어. 오늘도

맨손으로 별을 켤 수 있었거든.

3

새벽까지는 혼자 뛰어갈 수 없어 성숙해지면서

울음이 가슴 짠(織) 그물을 던지고 싶었어.

누가 순환의 바퀴를

돌리더라도 그물에서 뛰고 싶었어.

思惟의 종재기로 목마름을 적시는 동안

내가 모르는 곳에서 강은 계속 날

손짓하고 햇살은

싱싱하게 지껄이고 있었어.

4

낮은 포복의 자세로 밀려와

더욱 낮게 흐르는 意識의 풀포기를 뜯으며

둘러봐도 꼿꼿이 서는 單身의 언어들 사이로

하루하루, 질서 論의 思索이 흐르고 있었어.

-오석륜 「日記의 江」 전문

진심과 예의로 맺어진 우정

- 일본인 오카 도시미쓰岡俊光 교수

1990년대 중후반, 모 대기업 인재개발원에서 만난 오카 도시미쓰(岡俊光) 씨는 말수가 적은 일본인 교수였다. 잘생긴 호남형의 얼굴이었던 그는 푸근하고 편한 인상으로 상대에게 호감을 주었는데, 그리 크지 않은 그의 웃음소리는 잔잔한 파도 하나가 살포시 육지로 걸어오는 것처럼 가슴으로 흘러들어왔다.

그때나 지금이나 위태롭게 외줄타기를 하는 한일관계를 의식했기 때문인지 처음에 우리는 특별히 친해질 만한 계기를 갖기 어려웠다. 그저 서로를 능력 있는 동료 교수로 존중할 뿐이었다.

그는 두 딸의 아버지였고, 일본인 부인을 둔 전형적인 일본 남자였다. 적지 않은 보수를 받는 교수 신분이었지만 그는 소형차인 하얀색 프라이드(pride)를 끌고 분당 집과 용인에 있는 직장을 출퇴근했는데, 큰 키때문에 운전석에 앉아 있는 그를 보면 차 안이 꽉 차 보였다. 그래도 그는 남들의 시선 따위는 전혀 개의치 않아 하는 것 같았다. 절제와 절약은 그의 몸에 밴 습관이었다.

그는 당시 인재개발원에서 그룹의 임직원들에게 일본어를 가르치거나 일본 관련 자료와 프로그램을 만드는 일을 맡고 있었다. 외국어에 능통한 인재를 키우기 위해 회사에서 많은 시간과 돈을 투자하던 때라 일본어 교수인 그의 역할이 무척 중요했다.

몇 번의 중요한 일처리 과정을 지켜보며 나는 그가 기대 이상으로 성실한 사람이라는 것에 차츰 매력을 느끼게 되었다. 나와 같이 근무하는 몇 년 동안 그는 한번도 주변에 흐트러진 모습을 보인 적이 없었다. 또한 그는 성품이 곧고 매사에 큰 욕심을 부리지 않아 마치 태어날 때부터 남보다 많은 '양보 유전자'를 갖고 나온 사람인 것처럼 생각될 때도 있었다.

그는 남을 불편하게 하지 않는 전형적인 일본인의 성향을 가지고 있었지만, 그렇다고 무조건 남의 눈치만 보는 '예스맨'은 아니었다. 싫은 사람과의 만남은 분명하게 거절할 만큼 단호한 면도 있었다.

무엇보다 나를 매료시킨 건 그의 탁월한 일 처리 능력이었다. 나는 그가 매우 인간적이고 신뢰할 만한 사람이라는 사실에 깊은 감명을 받았다. 그에 대한 교육생들의 평가도 호평 일색이었다. 나이가 같았던 우리는 곧 직장동료 이상의 각별한 우정을 나누기 시작했다. 형식상으로는 내가 책임자였지만 나는 그에게 최대한 예의를 갖추려고 노력했다. '누군가와 진심으로 친해지려면 먼저 예의를 갖추는 것이 필요하다'는 내 삶의 경험이 그와의 관계를 조금 더 친밀하게 만들어주었다. 같이 근무하는 몇 년 동안 나는 한번도 그와 의견충돌을 일으킨 적이 없었다. 그만큼 우리는 서로의 장점을 인정하며 무한한 믿음을 가진 동료로 깊은 우정을 나눴던 것이다.

그와 나는 같은 회사에 근무하는 영어권 교수들과도 자주 어울렸다. 영국인도 있었고, 미국인과 캐나다인도 있었는데, 특히 영국에서 온 마이클 교수는 가끔 우리에게 술자리를 제안하기도 했다. 술 한잔 마시고 다 같이 노래방에 가면 오카 교수는 내가 부르는 〈빈대떡 신사〉를 한국어로 따라 부르며 박장대소했다. "가사 때문이에요. 상상해보면 그 상황이 너무 웃기잖아요." 하며 껄껄 웃는 그를 보면서 나는 새삼 인간의 정서란 국적을 불문하는 보편적인 것임을 확인할 수 있었다.

많은 시간을 함께하며 우정을 쌓고 따뜻한 동료애를 나누던 오카 교수는 아쉽게도 1998년 초, 일본으로 영구 귀국해버렸다. 일본에서 침구(鍼灸)를 배워 의료 계통의 일을 하고 싶어 하던 그였다. 만족스러워하던 10여 년의 한국 생활을 정리한 것은 그 무렵 건강이 좋지 않던 딸에 대한 아버지로서의 책임감도 한몫했을 것이다. 일본으로 이사하는 과정에서 뭐라도 도와주고 싶었지만, 그가 부탁한 건 자신이 몰던 차를 처분해 달라는 정도였다. 그런 사소한 것에도 고마워하는 그를 나는 많은 아쉬움 속에 떠나보냈다.

시간이 흘러 서로의 안부도 점점 뜸해졌다. 전자메일과 전화로 가끔 안부를 주고받기는 했지만 나 역시 회사를 그만두고 박사과정 공부와 강의, 번역 등으로 눈코 뜰 새 없이 바쁘게 살던 시절이었다. 그러다 그를 다시 만난 것은 작별한 지 10여 년이 지났을 무렵, 일본에서였다. 일본 치바(千葉)에 있는 한 대학의 강연 요청을 받은 나는 아내와 두 딸을 동반하고 일본을 방문한 길이었다. 그런데 이런 우연이 있을까. 우리가 묵게 된 숙소에서 차로 불과 10분도 채 안 걸리는 근거리에 그가 살고 있었다.

우리는 당장 가족들을 대동하고 반갑게 재회했다. 건강이 좋지 않았던 그의 딸은 다행히도 건강을 되찾아 예쁘게 자라 있었다. 그는 의료 계통의 일을 하며 열심히 살고 있었고, 어느 정도 자리를 잡은 듯 보였다. 그다음 날 두 가족이 도쿄에 있는 디즈니랜드로 놀러가 하루 종일 즐거운 시간을 보내며 재회의 기쁨을 누렸다. 딸아이들도 국경을 초월한 친구가 되었다.

그렇게 또 많은 시간이 흘렀다. 서로의 삶에 충실하느라 얼굴도 자주 보지 못하고 소식도 잘 전하지 못하지만, 우리는 여전히 서로가 서로를 그리운 친구로 기억하고 있다. 비록 한일 관계가 원만하지 않아 서로가 평행선을 달리는 뉴스를 접하기도 하지만 그와 나처럼 평범한 사람들은 얼마든지 좋은 사이로 지내는 경우가 많다. 일 때문에 일본인을 만날 기회가 많은 나는 여전히 그들과 좋은 관계로 만나고 좋은 이미지로 우정을 나눈다. 삶도 만남도 마찬가지다. 진심을 다하면 '진심의 꽃'이 피게 마련이다.

글을 쓰는 동안 오카 교수에게서 안부를 묻는 메일이 도착했다. 언젠가 다시 한국을 방문하게 되면 내가 부르던 〈빈대떡 신사〉를 다시 듣고 싶다고 했다. 창밖에 비가 내린다. 유리창에 흐르는 빗방울을 바라보며 나는 지금 나지막이 〈빈대떡 신사〉를 흥얼거리고 있다.

아버지 같은 분

- 나의 스승 신근재 선생님

제자가 베푸는 밥값조차 허락하지 않는 늙은 스승에게서

여전히 꽃샘추위보다도 찰지고 매운 고집이 보인다.

구순이 넘은 선생님과 헤어지며 그 뒷모습을 바라보는데

슬그머니 찾아오는 눈물,

왜 오늘따라 스승을 모시고 가는 지팡이가 더디게

더디게 발걸음을 옮기는지 모르겠다.

제자의 딸이 대학에 입학했다며

선물로 사주신 큼지막한 꽃병 하나도

우두커니 서서 드문드문 내리는 눈송이를 받아낸다. (후략)

　　　　　　　　　　　　　-오석륜 「선생님의 지팡이」 부분

이 시는 계간 『문학에스프리』 2019년 여름 호에 발표한 졸시 「선생님의 지팡이」의 일부다. 그해 봄, 서울의 한 음식점에서 선생님과 식사를 하고 헤어지면서 느꼈던 감정을 시로 풀어낸 것이다. 선생님, 그리고 그와 함께 길을 떠나는 지팡이. 이 두 가지를 바탕으로 점점 더 나이가 들어가는 스승의 뒷모습을 바라보는 동시에, 그동안 선생님께 받은 사랑과 추억을 떠올리며 시를 꾸렸다. 이날도 제자의 딸이 대학에 입학했다는 것을 알고 축하의 자리를 마련해주겠다며 우리 부녀를 초대했다. 그리고 딸에게 아름다운 빛을 지닌 예쁜 꽃병도 선물로 주셨다.

시에 등장하는 선생님은 신근재(愼根縡) 선생님이다. 구순이 넘었지만 건강하시다. 무엇보다 선생님과 한참 대화를 나누다 보면, 아직도 녹슬지 않은 기억력은 일품이다. 오래전에 있었던 일도 명료하게 풀어내신다. 순간, 나는 감동한다. 그리고 고맙다.

내가 선생님을 처음 만난 것은 1983년 12월 무렵. 겨울로 접어들 때였다. 대학의 부설 연구소이며 연구재단이기도 했던 '일본학연구소'에서였다. 선생님은 당시 그 연구소의 총간사를 맡고 계셨다. 일어일문학과 교수이면서 연구소 일에 열정을 쏟고 있었던 것으로 기억한다. 그때 나는 대구를 떠나 서울에 둥지를 튼 대학 2학년 학생이었다.

생각해보면, 그때 나의 서울 생활은 적잖이 시련이었다. 겨울이 되면 불어오는 서울의 바람은 참 춥고 매서웠다. 가난한 학생의 가슴으로 들이닥친 된바람이었다. 그때 나는, 지금은 고인이 되셨지만 당시 연구소 소장으로 계셨던 김사엽 선생님으로부터 연구소에서 매년 발행하는 잡지 『日本學』의 교정을 맡아달라는 부탁을 받고 있었다. 보잘것없던 내 시(詩)를 칭찬해주시고, 늘 학업을 격려해주시던 분의 부탁이라 흔쾌히 받아들였을 것이다.

신근재 선생님과의 인연은 바로 그 무렵, 연구소에서 시작되었다. 인자하신 모습과 반갑게 웃으시며 건네주시는 말씀 한 마디 한 마디에 온화함이 배어 있었다. 나는 『일본학』의 편집과 교정에 보조 역할을 하는 정도였고, 모든 실무는 신근재 선생님께서 하고 계셨다. 이후 가난한 지방 출신 학생을 격려하고 배려해주시는 당신의 사랑에 맡겨진 채 평생 잊지 못할 인연이 하나씩 만들어지고 있었다.

늘 점심을 사주시고, 연구소 일 외에 자신의 책 출판과 관련된 일을 시켜주셨다. 그리고 내가 일한 노력보다 훨씬 많은 수고비를 주셨다. 그런 일이 여러 번 계속되었다. 그 당시 나는 대학 다니는 것조차 호사스러울 만큼 아무것도 가진 것 없는 학생이었다. 대학 시절 학비를 많이 내고 다니지는 않았지만, 나에게는 서울 물가를 견뎌낼 만한 생활비가 절실했다. 책을 사보는 것도 힘들었을 뿐 아니라, 교통비 한푼도 아쉬웠던 때였지만, 선생님은 내 생활과 형편을 잘 알고 계신 듯했다. 그분이 베푸는 사랑은 늘 마음에서 우러나오는 울림이 동반된 것이었다. 나는 선생님께서 주시는 사랑을 무조건 받기만 하는 처지였다. 그리고 용기와 격려의 한 말씀 한 말씀에 깃든 진심이 내 가슴으로 고스란히 전해졌다.

대학원을 마치고 내가 기업체에 취직해 다닐 때도 선생님과의 만남은 계속되었다. 그럴 때도 나는 정말 식사비 한번 계산하기가 힘들었다. 내가 먼저 몰래 계산을 하면, 다시 계산대에서 돌려받아 줄 정도였다. 어렵게 공부했으니, 이제 경제적 기반을 잡으라는 격려의 말씀이 나를 휘감았다.

그리고 나는 고인이 되신 잊지 못할 은사인 김사엽 선생님의 문화훈장 수여를 위해 몰두한 적이 있었는데, 그때 적극적으로 도와주시고 힘을 보태주신 분이 바로 신근재 선생님이었다. 벌써 17년도 더 지난 일이지만, 고 김사엽 교수의 공적을 한국인과 한국정부에 알려야겠다는 마음으로 실행에 옮겼던 것이다. 그리고 '은관문화훈장'이라는 결과를 접했다. 그것은 신 선생님과 나의 열정, 그리고 김사엽 교수에 대한 애정이 바탕이 된 산물이었다. 나는 그때 그분의 눈 속에 곱게 여울진 눈물의 의미를 읽을 수 있었다. 그리고 이 분과의 인연이 정말 내 삶을 아름답게 수놓고 있다는 행복감에 빠져들게 했다. 더불어, 당시 『金思燁 全集』(전 32권)을 기획하고 출간에 정열을 쏟으셨던 전 대구교육대학교 김창규 교수님, 그리고 응원해주셨던 지금은 고인이 되신 전 단국대학교 이재철 교수님 등에게도 감사의 말씀을 드린다.

지금도 신근재 선생님을 가끔씩 뵙는다. 특별한 일이 없는 한, 명절이면 댁으로 찾아가 인사를 드리기도 한다. 그럴 때마다 늘 나를 챙겨주시는 따스한 마음을 느낀다. 자주 연락을 드리지 못하고, 자주 찾아뵙지도 못하여 송구스러울 뿐이다. 나에게 사랑을 베풀고자 하는 마음은 늘 청춘이다. 꽃이다. 이런 분과 인연을 맺고 살아왔고, 또한 살아가고 있다니 참 난 복이 있다. 인덕이 있다. 나에게는 평생 잊지 못할 아버지 같은 분이다. 일찍 세상을 뜨신 내 부모를 대신해 나에게 사랑을 주신 건지도 모른다. 나는 아직도 신근재 선생님과의 아름다운 인연을 표현할 언어가 부족하다.

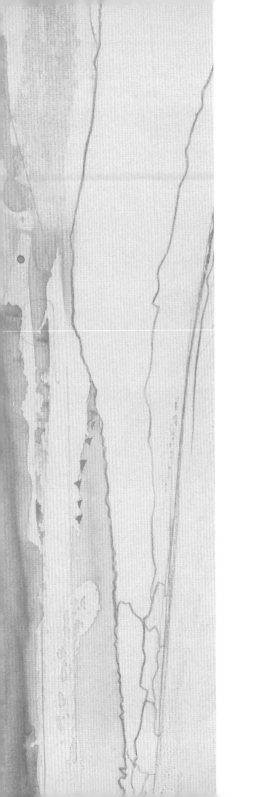

2부

세상의 속살을 만지다

봄비를 맞으며

처음에는 몰랐다. 아파트 베란다에 몇 년 동안 방치했던 화분에서 싹이 트고 있었다는 것을, 봄비가 내린 어느 날의 아침에서야 알았다. 이미 세상을 향해 잎을 내밀고 있었는데도 나는 까마득히 모르고 있었던 것이다.

생명이란 이런 것이다. 죽은 줄 알았는데 기적처럼 살아나는 것, 그것이 생명이다. 푸른 싹이 다시 살아난 기쁨을 내 가슴에 거침없이 경이와 희열의 문장으로 쓰고 있다. 누가 사월을 잔인한 달이라고 했던가. 생명을 얻은 화분이 제법 싱싱한 빛깔로 세상의 한 모퉁이를 호흡하고 있다. 서둘러 그 화분을 아파트 화단으로 거처를 옮겨 주었더니, 나의 무관심을 나무라기라도 하듯, 봄비는 생명수처럼 화분의 품속으로 빨려 들어갔다. 나는 봄비 속에서, 저 화분이 다시 튼튼한 생명으로 자라나 이 세상에 아름다운 향기를 전해줄 것을 기도하였다.

이런 기분에 젖어 봄비 내리는 하늘을 보고 있노라니, 문득, 몇 편의 시가 떠오른다.

하늘 어느 한갓진 데 국수틀을 걸어 놓고 봄비는 가지런히 면발을
뽑고 있다
산동네 늦잔칫집에 安南 색시 오던 날

-박기섭 「봄비」 전문

이 비 그치면
내 마음 강나루 긴 언덕에
서러운 풀빛이 짙어 오것다.

푸르른 보리밭 길 맑은 하늘에
종달새만 무어라고 지껄이것다.
이 비 그치면
시새워 벙글어질 고운 꽃밭 속
처녀애들 짝하여 외로이 서고,

임 앞에 타오르는
향연과 같이
땅에선 또 아지랑이 타오르것다

-이수복 「봄비」 전문

앞의 시는 시조시인 박기섭(1954-)의 「봄비」고, 뒤의 작품은 이수복 (1924-1986) 시인의 「봄비」다. 각각 전문을 인용했다.

우선, 박기섭 시인의 「봄비」가 품고 있는 발상은 참 재미있고 놀랍다. 더불어, 의미심장한 생명의 기운도 느껴진다. 산동네 늦잔칫집에 安南 색시 오던 날에, 봄비가 하늘 어느 한갓진 데 국수틀을 걸어 놓고 가지런히 면발을 뽑고 있는 풍경, 그 속으로 뛰어 들어가고 싶은 충동을 자제하고 싶지 않다. 잔칫집에 들어가 그렇게 뽑아낸 국수 한 그릇 먹고 싶은 마음이 드는 것은 어찌 나 혼자만의 감정이겠는가. 봄이 오면 이 시가 떠오르는 것은 그런 감정에 연유한다. 이 시에 등장하는 '안남(安南)'은 베트남을 가리키는 말이다.

이수복 시인의 「봄비」는 우리에게는 무척이나 친숙한 봄의 시편이다. 학창시절 교과서에서 접했던 기억이 소환된다. 작품 전편을 곱씹어 읽으면 애잔함이 짙게 배어 있다는 느낌을 지울 수 없다. 그것은 곧 우리들 곁으로 찾아올 봄날의 상상에 더하여, 헤어진 임을 그리고 있기 때문이리라. "서럽다"고 했던 풀빛이 마지막 연에서는 죽은 사람을 상기시키는 "향연과 같이 임 앞에 타오르는" 아지랑이로 그려진다. '향연(香煙)'은 향이 타며 나는 연기가 아닌가. 봄비에 실려 사별한 임을 떠올리는 짙은 그리움이 몰려온다. 생명이 약동하는 계절인 봄, 그리고 죽음으로 생을 마감한 임, 이 두 개의 이미지가 혼재하고 있어 시는 전체적으로 대립적 이미지로 독자들의 가슴에 전달된다.

한편, 가난했던 시절의 봄비를 회상한 시를 발표하여 아직도 우리들의 명치끝을 아리게 하는 작품이 있는데, 시인 박용래(1925-1980)의 「그 봄비」가 바로 그것이다. 다음은 그 전문.

오는 봄비는 겨우내 묻혔던 김칫독 자리에 모여 운다
오는 봄비는 헛간에 엮어 단 시래기 줄에 모여 운다
하루를 섬섬히 버들눈처럼 모여 서서 우는 봄비여
모스러진 돌절구 바닥에도 고여 넘치는 이 비천함이여

-박용래 「그 봄비」 전문

이 시는 두어 번 되뇌기라도 하면 금방이라도 눈물이 날 것 같은 감흥을 유발시키지만, 쓸쓸하지만은 않게 다가온다. 아등바등 이십일 세기를 살아가며 도시생활에 젖어버린 내게, "겨우내 묻혔던 김칫독 자리에", "헛간에 엮어 단 시래기 줄에" 모여 우는 봄비는 치유의 빗줄기로 스며드는 것 같다. 모여선 "버들눈" 같은 봄비가 "돌절구 바닥"에 고여 넘치지만, 이 봄비가 외로운 존재가 아닌 것은 모여 우는 존재로 읽히는 탓이다. 비천함이 아니다. "겨우내 묻혔던 김칫독 자리"로 몰려오는 빗줄기가 내 공허함을 채워주는 듯하다.

이처럼 봄비를 주제 혹은 소재로 한 주옥같은 명작들은 동서고금을 막론하고 우리들에게 봄비와 같은 신선한 감동과 위안을 주었다.

지금 여기저기에서 봄비 내리는 소리를 듣고 있는 수많은 생명들도 차분하게 이 계절을 노래하는 문장을 쓰고 있다. 며칠 버티지 못한다는 것을 알고 있기에, 한껏 자태를 뽐냈던 벚꽃의 문장은 아름다움과 슬픔이 혼재된 미학을 던져주고 갔다. 요란하지도 않은 봄비에 놀라 무심하게 떨어진 목련꽃 이파리들은 '왜 그리 일찍 떨어졌느냐'고 다그치는 바람(風)에 이끌려 다닌 탓일까. 멍이 들어버린 문장으로 우리들 기억 속으로 사라졌다. 그래서 나는 「관심」이라는 시에서, "봄비가 / 혀 짧은 소리로 / 아양을 조금 떨었을 뿐인데 / 그 유혹을 참지 못한 채 떨어지는 / 목련꽃 이파리를 // 바람이 왜 그랬냐고, / 왜 그랬냐고, / 여기저기 잔소리로 끌고 다니고 있다"고 노래했다.

산 여기저기에서 사람들과 동물들과 새들의 관심을 끌던 짙은 핑크빛의 진달래도 봄비를 맞으며, 또 다른 그리움의 언어를 낳고 있다. 비록 봄비를 느끼는 주체들의 생각만은 조금씩 다를 수 있지만, 봄비는 또 다른 생명을 위하여 또 다른 변화를 위하여 꿈틀거릴 것이 분명하다.

봄비는 우리들에게 이 모든 풍광 앞에서, 살아있기에 맛볼 수 있는 무한의 즐거움을 만끽하라고 한다. 계절에 어울리는 문장을 담담하게 그리고 소박하게 써 내려가라고 재촉한다. 우리의 일상을 어지럽히는 미세먼지를 씻어내듯, 우리를 괴롭혔던 가슴 아픈 사연들도 말끔하게 씻어내라고 한다. 봄비가 되어 보자. 혹여 봄이 되었는데도 우리가 돌보지 못했던 생명이 있다면 살펴볼 일이다. 봄비처럼 한 번 더 촉촉하게 스며들어 보자. 마음이 따뜻해지리라. 모든 것을 그냥 내버려 두기에는 봄이 자꾸만 짧아지고 있지 않은가.

등꽃 향기를 맡으며

보랏빛 꽃이 피어 오래전부터 자등(紫藤)으로 불렸다는 등나무, 그 아래에 앉으니 등꽃이 봄바람에게 속삭이는 말이 들려오는 듯하다. 자신의 역할은 사람들과 세상 여기저기에 짙은 향기를 전해주는 것이라고. 그렇게 시간은 포도송이처럼 주렁주렁 매달린 저 보랏빛 등꽃이 사람도 벌도 불러 모으는 계절을 지나가고 있다. 5월이 무르익고 있다. 잠시 세상살이의 시름을 잊어버리고 등꽃의 매력에 빠진다면, 그것이 치유(治癒)다. 잠깐 동안의 휴식만으로도 치유가 될 것이다.

등나무를 나타내는 한자는 '등(藤)'이다. 이 등나무에서 피어나는 꽃인 등꽃으로 만든 나물로 '등화채(藤花菜)'라는 것이 있다. '등화채'는 등꽃을 따서 소금물에 술을 치고 한데 버무려서 시루에 잠깐 쪄낸 뒤 찬물에 담갔다가 건져 짜서 소금과 기름에 무친 나물이다. 등화채에서 '채(菜)'는 나물을 뜻하는 말.

그러나 이렇게 식용으로도 쓰이기도 하는 등꽃의 '등'자(字)는 아쉽게도 사람들 사이에 목표나 이해관계가 서로 달라 적대시하거나 혹은 충돌할 때 사용되는 '갈등(葛藤)'이란 단어를 구성하는 데 쓰이는 글자의 하나가 되었다. 갈등에서 '갈(葛)'은 칡을 나타내는 한자어로, 산기슭 양지에서 자라며 그 뿌리를 약으로 쓰기도 하는 바로 그 칡이다. 중요한 약재로 쓰이기도 하는 것은 널리 알려진 상식이다. 갈에서 파생한 '갈근(葛根)'은 칡의 뿌리다.

　그런데 어떻게 칡과 등나무가 '갈등'이란 단어를 이루게 되었을까. 그런 의문이 드는 것은 나 혼자만의 생각일까. 갈등은 이 양자가 서로 얽혀 있는 자태에서 비롯되었다고 하니, 참 의아하기도 하고 적잖이 당황스럽기도 하다. 칡은 그 줄기가 왼쪽으로만 기어오르고 등나무는 지주목을 중심으로 오른쪽 방향으로만 자라 오르는데, 문제는 이 두 가지가 서로 만나면 심하게 엉켜서 풀기가 여간 힘든 것이 아니라는 데 있다. 갈등이란 말이 바로 여기에서 생겨난 것이다. 식물학자 이유미 박사의 저서 『우리가 정말 알아야 할 우리 나무 백 가지』(현암사, 2006)에는 등나무는 오른쪽뿐만 아니라 왼쪽으로 감고 올라가는 것도 있다고 쓰고 있지만, 아무튼 '갈등'은 칡과 등나무가 허공을 향해 감고 올라가는 방향성의 차이에서 빚어진 말이다.

　이 갈등이란 단어를 놓고 곰곰이 생각해보면, 왠지 섬뜩한 기분도 든다. 왜냐하면, 칡과 등나무가 독립된 존재로 쓰일 때는 유용하고 아름다운 단어로 인식되는데, 서로 만나 엉키면서는 서로 풀기 어려운 존재로 변해 버리기 때문이다. 이 두 개의 식물로 '갈등'이란 단어를 만들어 낸 선인들의 조어 능력도 놀라울 뿐이다. 한편으로는 인간 사회에 주는 경고의 함의(含意)인 듯하여, 오싹, 소름이 끼치기도 한다.

그리하여 갈등은 '두 가지 이상의 상반되는 요구나 욕구, 기회 또는 목표에 직면하였을 때 선택을 하지 못한다'는 의미에서, 심리학의 용어로 정착하는 기구한 운명이 되기도 하였다. 갈등에 대한 말의 정의를 '인간의 정신생활을 혼란하게 하고 내적 조화를 파괴한다'고 표기한 문장도 심리학을 검색하면 눈에 들어온다. 또한 '갈등상태'란 '두 개 이상의 상반되는 경향이 거의 동시에 존재하여 어떤 행동을 할지 결정을 못하는 것을 말한다'고 표현하고 있기도 하다. 우리가 일상생활에서 갈등과 비슷한 말로, '고민', '다툼', '모순'과 같은 단어들이 떠오르는 것은 그런 까닭에 연유한다.

물론 갈등이란 단어가 문학의 영역에서도 나타난다. 소설이나 희곡에서는 등장인물 사이에 일어나는 대립과 충돌, 또는 등장인물과 환경 사이의 모순을 나타내는 용어다. 문학 작품 속에 보이는 갈등의 흐름을 나타내는 '갈등선(葛藤線)'이라는 말도 그렇게 생겨났다. 역시 종교 쪽에도 갈등과 관련된 말이 있다. 교지(敎旨)와 같은 뜻으로 쓰이는 용어로, 한 종교의 가장 근본이 되고 중심이 되는 교의(敎義)의 취지(趣旨)를 나타내는 말로 종지(宗旨)라는 말이 있는데, 불교에서는 바로 이 종지(宗旨)를 알지 못하고 말만 번잡한 승려를 비난조로 '갈등선(葛藤禪)'이라고 한다. 이 역시 갈등을 기반으로 생겨났으니, 갈등은 인간이 살아가면서 펼치는 여러 영역에서 우리와 함께 공존하는 생활용어가 되어 버린 셈이다.

등꽃 나무 아래에 앉아 그 향기에 묻혀 잠깐 세상 쪽으로 눈을 돌려

보자. 안타깝게도 지금의 세상살이가 갈등의 계절이 아닌가 싶을 정도로 세상 여기저기에 혼란의 그림자가 짙고 깊다. 인간이 별개의 독립된 존재일 때도 아름다워야 하지만, 서로 만나면 더 아름다운 존재로 더 깊은 향기를 뿜어내야 하는데, 그렇지 못할 때가 있는 것이다. 더불어 산다는 것은 생각보다 쉬운 일이 아니다. 요즘 들어 부쩍 팽배해진 '좌우 갈등', 그리고 '빈부 갈등', '세대 간의 갈등', '지역 갈등', '남남(南南) 갈등', '남북(南北) 갈등', '젠더 갈등'과 같은 말들이 우리의 영혼을 심히 어지럽히고 있다. 동행해야 할 우리의 삶에 장애가 되고 있다. 어떻게 살아야 할지가, 어떻게 갈등을 풀어야 할지가, 스스로에게 던지는 커다란 질문이 되고 있다.

계절의 여왕, 5월이다. 등꽃이 봄바람을 불러들여, 자신의 역할은 사람들과 세상 여기저기에 짙은 향기를 전해주는 것이라며 속삭이듯이, 이 계절에는 모든 갈등의 매듭이 풀리는 풍경이 펼쳐졌으면 좋겠다. 갈등 속에서도 인간미 넘치는 훈훈한 이야기가 피어나는 것, 이 또한 우리가 지향해야 할 세상살이가 아니겠는가. 지금 우리 사회에서 일어나는 갈등의 유형을 일일이 거론하지 않더라도 우리의 삶이 칡과 등나무가 서로 꼬여 있는 형태로 흘러가고 있지는 않은지 곰곰이 살펴볼 일이다.

귀뚜라미 울음소리에
관한 단상 斷想

　가을의 길목에서 불현듯, "귀뚜라미 귀뚤귀뚤 고요한 밤에 귀뚜라미 귀뚤귀뚤 노래를 한다…"는 동요가 떠올랐다. 계속 읊조려 보았다. 그러나 이제는 그 노래를 불렀던 어린 시절로부터 먼 시간을 지나온 탓인지 노랫말이 끝까지 내 기억 속에 머물러 있지 않고 있다. 기억이란 그런 것이겠지만, 그래도 그때의 정서는 더 깊어져, 어른이 된 지금에는 노래 가사 한 마디 한 마디에 그리움이 더 커졌고 더 짙어졌다.

　귀뚤귀뚤. 이 말은 귀뚜라미가 암컷을 부를 때 내는 의성어다. 그러니까 귀뚜라미 암컷이 아닌 수컷의 소리다. 한밤에 수컷 한 마리가 암컷을 부르기 위해 불과 몇 시간 동안 약 몇만 번 정도의 소리를 낸다고 하니, 그야말로 애절한 사랑 노래가 아닐 수 없다. 가슴을 울린다. 인간의 입장에서 생각해 보면, 하잘것없는 미물인 귀뚜라미가 빚어내는 사랑가에 깊은 울림을 받게 되는 셈이다. 그래서일까. 귀뚜라미 울음소리를 소재로 한, 다음 두 시인의 귀뚜라미 노래가 예사롭지 않게 들려온다.

높은 가지를 흔드는 매미소리에 묻혀
내 울음 아직은 노래 아니다.

차가운 바닥 위에 토하는 울음,
풀잎 없고 이슬 한 방울 내리지 않는
지하도 콘크리트벽 좁은 틈에서
숨막힐 듯, 그러나 나 여기 살아 있다
귀뚜르르 뚜르르 보내는 타전소리가
누구의 마음 하나 울릴 수 있을까.

지금은 매미 떼가 하늘을 찌르는 시절
그 소리 걷히고 맑은 가을이
어린 풀숲 위에 내려와 뒤척이기도 하고
계단을 타고 이 땅 밑까지 내려오는 날
발길에 눌려 우는 내 울음도
누군가의 가슴에 실려 가는 노래일 수 있을까.

-나희덕 「귀뚜라미」 전문

산(山)바람 소리

찬비 듣는 소리

그대가 세상고락(世上苦樂) 말하는 날 밤에

숫막집 불도 지고 귀뚜라미 울어라.

-김소월 「귀뚜라미」 전문

　나희덕(1966-) 시인의 시 「귀뚜라미」는 비록 각박한 현실과 궁핍한 환경 하에 살아가고 있는 초라한 모습의 귀뚜라미를 그리고 있지만, 화자는 그 울음에서 삶의 중요한 의미인 '사랑'을 자각하려는 잠재의식을 드러내고 있다. 이 작품의 감동은 바로 거기에 있다. 첫째 연, "높은 가지를 흔드는 매미소리에 묻혀 / 내 울음 아직은 노래 아니다."라는 단정에도 불구하고, "귀뚜르르 뚜르르 보내는 타전소리가 / 누구의 마음 하나 울릴 수 있을까."(2연)는 우리의 마음을 희망으로 환원시키기에 충분하다. "타전소리"가 바쁜 일상을 살아가는 우리들에게 제법 깊은 울림으로 번져오지 않는가. "발길에 눌려 우는 내 울음도 / 누군가의 가슴에 실려 가는 노래일 수 있을까."(3연) 역시 기약 없는 기다림인 것 같지만 긍정적인 희망을 품고 있다.

　또한 우리에게 시 「진달래꽃」으로 잘 알려진 김소월(1902-1934) 시인은 그의 또 다른 작품 「귀뚜라미」에서 우리의 삶과 동고동락(同苦同樂)하는 존재로서의 귀뚜라미를 노래한다. 작품을 지그시 눈을 감고 읊어 보자. 가을밤 누군가가 들려주는 힘들고 즐거웠던 세상사에 귀를 기울이고 싶어진다. 그런 화자의 모습이 떠오르리라. 그리고 곁에 있는 귀뚜라미도 그 얘기를 함께 들어주는 존재로서 기능하고 있다. 사람, 그리고 사람이 풀어놓는 얘기들, 거기에 함께 하는 귀뚜라미와 숫막집, 이들도 서로 조화를 이루며 한 폭의 그림으로 떠오른다. 여기서 숫막집은 주막을 뜻하는 말이다. 물론, 작품 속의 귀뚜라미는 비단 사랑노래뿐만 아니라, 슬픈 세상사도 함께 들어주며 인간과 동행으로서의 위치를 점하고 있다는 느낌이다.

오른쪽 날개와 왼쪽 날개를 서로 비벼서 울음소리를 내는 곤충, 귀뚜라미. 그것은 분명 사랑을 갈구하는 울음이다. 인류는 예로부터 이 사랑의 울음소리에 계절의 외로움을 달래고, 사람과 추억을 그리워하며 살아왔다. 또한 이 하찮은 곤충이 우리에게 베풀어 주는 식용과 약재로서의 효용을 누리며 살아왔다. 그런 의미에서 귀뚜라미는 우리들에게는 정서적으로도 그렇고, 미래의 먹거리 개념으로도 그렇고, 밀접한 관계를 유지하는 존재가 아닐 수 없다.

잠깐, 우리가 사는 세상으로 눈을 돌려 보자. 시끄럽다. 많이 시끄럽다. 이념의 날개가 강하게 부딪치고 있기 때문이다. 오른쪽 날개(右翼)와 왼쪽 날개(左翼)를 서로 비비며, 어느 한 쪽 날개를 꺾기 위한 생존의 몸부림이 치열하다. 오로지 사랑을 외치기 위해 오른쪽 날개와 왼쪽 날개를 비벼대는 귀뚜라미의 습성과는 정반대다. 옛날 중국에서는 황제들이 귀뚜라미를 잡아 서로 싸움을 붙여 그 모습을 즐겼다고 하는 기록도 있어, 지금 벌어지고 있는 우리 사회의 날개 싸움을 누군가는 즐기고 있지 않을까 하는 걱정이 들기도 한다.

가을이 되었는데도 달력에서는 여전히 시원한 갈바람이 불어오지 않는 느낌이다. 늦더위가 기승을 부리며 이 계절을 떠나지 않은 탓이다. 계절의 경계를 서성거리는 모순이, 부정의(不正義)가, 명료한 이분법적 사고가, 날개를 파닥거리고 있는 탓이다. 이것이 현재를 살아가는 우리들 울음소리의 속살이다. 아, 언제쯤 갈등이 그칠까. 오늘 밤에도 귀뚜라미는 우리들에게 사랑하며 살자, 사랑하며 살자, 그렇게 간절한 호소를 할 것이 분명한데.

고립의 계절에

지금은 봄의 전령사인 개나리가, 진달래가, 벚꽃이, 조팝나무 꽃이, 서로 앞다투어 피는 계절. 아, 그러나, 봄꽃들이 고립되었다. 사람들도 고립되었다. 꽃과 사람, 제각각의 고립으로 꽃과 사람과의 거리두기도 계속되고 있는 듯하다. 꽃에서 흘러나온 향기가 영원불멸의 손님인 사람을 불러들이지 못하는 슬픈 형국이다. 경쟁을 다투던 세상의 공장들이 잠시 생산을 멈추어 미세먼지도 조금은 없어진 봄날. 시간은 그저 속절없다.

'코로나 19'로 명명된 전염병의 창궐(猖獗)로 사람들은 일 년 중 가장 아름다운 개화의 시기에 고유의 꽃향기를 맡지 못하고 있는 것을 안타까워하지만, 입장 바꿔 놓고 생각하면 꽃들도 사람의 향기를 맡지 못한 쓸쓸함이 클 것이다. 해마다 인산인해를 이루었던 꽃들의 잔치에 올해는 사람의 접근을 허락하지 않았기 때문이다. 꽃의 외로움은 상처 같은 것이다. 그러나 좀 더 곰곰이 생각해보면, 그 상처는 사람들의 몫이기도 하다. 꽃을 매개로 사람과 사람이 서로 주고받았던 인간적 향기가 사라지고 있지 않은가.

　지금은 '창궐(猖獗)'이라는 말도 유행처럼 번져 있는데, 그럼, 창궐이란 무엇을 뜻하는 걸까. 창궐을 구성하는 글자인 '창(猖)'과 '궐(獗)'을 사전에서 각각 찾아보면, '창'은 '미처 날뛴다'는 뜻이고, '궐'도 '날뛴다'는 의미로 나온다. 여기서 창궐의 한자는 부수가 모두, 개를 나타내는 '견(犭)'이다. 우리가 일상에서 쓰는 한자인 개 '견(犬)'과 같은 뜻을 가진다. 그야말로 창궐은 사악하고 끔직한 기운이 미쳐 날뛰는 모습을 연상시킨다.

　창궐과 관련지어 생각해보면, 지금까지 우리 인간들이 고통스럽게 겪어온 전염병은 야생동물을 먹는 식습관, 혹은 야생동물이나 조류가 그 발원인 경우가 적지 않다. 이번 코로나19도 그 바이러스가 박쥐를 먹는 습관에서 시작되었다는 뉴스는 그냥 흘려서는 안 될 것이다. 이런 악습을 버리지 않는 한 전염병은 인류를 잠식시키는 무서운 동반자가 될 것이다.

　그래서 분명히 할 것은 분명히 하고 넘어가자. 불행하게도 이 사악한 바이러스도 우리 인간이 만들어낸 것이라는 것을. 우리의 불행한 창조물이다. 거기에 더하여, 이 바이러스를 이제는 무소불위의 존재로 인정하지 않을 수 없다. 빌게이츠가 인류 최악의 시나리오로 핵전쟁이 아닌 전염병을 지목하고 예언한 것도 이제는 전혀 낯설지 않다.

　그렇게 2020년의 봄날은 '사회적 거리두기', '자가 격리', '마스크 꼭 쓰기' 등, 전염병을 이기고자 하는 우리들의 사투로 얼룩지고 있다. 매

스컴을 달구는 '코로나19' 확진자 숫자가, 사망자 숫자가, 날마다 장송곡처럼 흘러나온다. 대한민국뿐만 아니라, 미국과 일본, 유럽 등 전 세계에서 들려오는 감염자와 사망자 소식으로 초국가 비상사태는 언제 끝날지 모른다. 더하여 지금부터 더 조심해야 한다는 경고가 잇따르고 있다. 비통하다. 하지만, 어찌하랴. 생존 앞에서는 인내가 가장 슬기로운 대처법의 하나인 것을,

그렇다고 이 귀하고 아름다운 봄날을 그냥 흘려보낼 수는 없는 노릇. 비록 지금은 사회로의 통로가 일시 중단된 느낌이고 자연과 사람과의 관계가 소원해진 현실이지만, 사람과 사람사이의 만남이 제한받는 시절이지만, 우리는 그런 시공간에서 호흡하고 있지만, 이럴 때일수록 계획이 필요하다. 아무런 생각 없이 이 전염병의 창궐이 무사히 끝나가기를 바라기에는 시간이 너무 아깝다. 지금, 가장 자신을 사랑하는 방법, 이웃을 사랑하는 길이 있다면 찾아야 한다. 그리고 그것을 실천해야 한다.

나는 그것을 평소 시간 없다고 미루어 두었던 책이나 읽지 못했던 좋은 글에서 찾고 있다. 덕분에 묵혀 두었던 문장들과 지식들로 내 마음에는 또 다른 싹이 트고 있다. 꽃이 핀다. 나는 누구이며, 나는 왜 존재하는가에 대한 근본적인 질문도 하고 있다. 이런 행위가 괜찮다고 생각한다면 여러분도 같이 해볼 것을 권한다. 현실적으로는 폐쇄된 공간에 우리가 고립된 듯한 느낌이지만, 이런 폐쇄, 이런 고립이 그래도 다행이라고 애써 위로를 받기도 한다.

사람 만나는 시간도 줄고 모임도 줄었지만, 오래전에 살았던 선인들

의 세계관이나 현재를 살아가는 현자들의 훌륭한 언어를 만나는 재미가 쏠쏠하다. 그들의 지적 생산물이 내 가슴에 고스란히 스며든다. 물론 내게 새로운 상상이 찾아오기도 하고, 타인의 영혼 속으로 찾아가는 설렘도 있다. 나를 한 번 더 돌아보는 시간과 함께, 나를 둘러싼 이웃에 대한 그리움이 생긴다. 앞으로 어떻게 이타적 존재로 살아가야 할 것인가에 대한 의지도 확대된다. 그래서 제안한다. 이 시절을 견뎌내는 일기도 써보고, 사랑하는 사람, 평소 미안했던 사람에게 편지도 써보자. 손 편지면 더 좋겠다.

꽃도 사람도 고립의 계절이다. 어쩌면 지금의 이 고립은 누구에게나 공평하게 주어진 벌칙 같은 것인지도 모른다. 그러나 책 읽기를 통해 내가 평소 알지 못했고 느껴보지 못한 세상을 읽고, 타인의 입장에서 생각하고, 이웃과 더불어 상생의 삶을 찾으려는 노력을 한다면, 그것은 슬픈 고립이 아니다. 벌칙도 아니다. 아름다운 고립이다. 행복한 규칙의 실천이고 미학의 실천이다. 지금의 고립을 스스로에게, 서로에게, 고난을 이겨내는 지혜를 튼튼하게 내장하고 축적하는 계기로 삼자. 지금은 "바람이 분다. 살아봐야겠다."라는 문장이 봄바람처럼 불어오는 계절이다.

2020년 2월 말, 코로나가 한창 맹위를 떨칠 때였다. 그때 고등학교 때 친구인 강경수 교수가 보내온 휴대전화기 속의 문자가 떠올라 인용하고 싶어진다. "어제 이사 간다고 만나 점심 함께 나눈 지인이 선물을 줘 집에 와서 풀어보니 요즘 사기도 쉽지 않다는 KF94 마스크가 한 박스 들어 있었다. 이렇게 고마울 수가 감동이다."

올 가을에는
사랑하는 마음을 갖자

신문을 읽어도 방송을 보아도 그 밖의 다른 미디어를 접해도, 코로나바이러스 감염증, 제2차 재난지원금, 정치와 정치인, 부정의와 불공정, 부동산 관련 기사 등, 온통 힘겨운 언어들로 넘쳐난다. 그렇게 지금 우리의 삶은 그 어느 때보다 불안한 흐름으로 이어지고 있다. 절박함이 곳곳에 배여 있다.

사상 최장에 걸쳐서 우리를 지배했던 장마로, 연이어 다가온 태풍으로, 한반도는 긴장의 연속이었다. 수마가 할퀴고 간 깊은 상처는 아직도 아물지 않았다. 더하여 코로나 확산을 막기 위한 '사회적 거리두기'로 보고 싶은 사람들과의 약속뿐만 아니라, 공식적인 만남도 모두 취소되거나 비대면의 방식으로 이루어지는 시절을 살아가고 있다.

못내 아쉬운 것은 올여름에는 기후 탓으로 요란하게 울어대던 숫매미의 사랑노래를 별로 듣지 못했다는 것. 햇살 아래 나부끼던 잠자리의 아름다운 비행을 느끼지 못했다는 것. 이제 그런 풍경들이 점점 사라지는 것은 아닐까 하는 우려는 나만의 기우일까. 기상 이변으로 인류의 미래를 걱정하는 환경 단체들은 올해의 장마를 '기후변화'라고 명명하기도 했다. 지구온난화가 이제 인간의 삶, 그 영역에 정착하며 그 기능을 발휘하는 시절을 호흡하고 있다. 동아시아에 퍼붓던 물 폭탄과 달리 지구 반대편에서는 폭염이 기승을 부리는 극단의 시대.

그래도 시간은 계절을 재촉하여 가을이다. "그대 / 9월의 강가에서 생각하는지요 / 강물이 저희끼리만 / 속삭이며 바다로 가는 것이 아니라 / 젖은 손이 닿는 곳마다 / 골고루 숨결을 나누어 주는 것을 / 그리하여 들꽃들이 피어나 / 가을이 아름다워지고 / 우리 사랑도 강물처럼 익어가는 것을"이라고 노래한 시인의 시(안도현 「9월」 일부)처럼, 이번 가을은 그 어느 해의 가을보다도 마음이 따뜻해져야 한다는 생각을 가지자. 강물이 바다로 합류하는 방식은 강물끼리만 속삭이며 그저 바다로 흘러가는 것이 아니다. 강물이 닿는 곳마다 골고루 숨결을 나눠가지며 흘러가는 방식이다. 그런 삶의 바탕 위에 들꽃이 피어나는 아름다운 풍경처럼 우리의 사랑에도 꽃이 피어나야 한다. 그 어느 때보다도 더불어 살아가는 생각이 필요하다.

또한, "잔잔한 수다를 떨고 있는 / 초가을 빗줄기처럼 / 그녀의 귓속말이 내 몸으로 스며들 때마다 // 마른 침 넘어가는 소리를 빗소리로 얼버무려주는 / 가을 우산"(오석륜 「가을 우산」 일부)을 써보자. 힘든 때일수록 사랑의 힘은 크다. 난세를 극복하는 비결은 사랑이다.

그래서일까. "누군가를 사랑한다는 것은 자신을 그와 동일시하는 것이다."는 고대 그리스의 철학자 아리스토텔레스(Aristoteles, BC 384-BC 322)

의 문장과, 러시아가 낳은 대문호 톨스토이(Tolstoy, 1828-1910)의 "사랑이란 자기희생이다. 이것은 우연에 의존하지 않는 유일한 행복이다."는 사랑과 관련한 명언이 자꾸 생각난다. 또한, 노벨평화상 수상자로 널리 알려진 테레사(Teresa, 1910-1997) 수녀의 "나는 내가 아픔을 느낄 만큼 사랑하면 아픔은 사라지고 더 큰 사랑만이 생겨난다는 역설을 발견했다."는 주옥같은 말도 가을 코스모스처럼 우아한 자태와 향기를 머금은 채 가슴으로 읽힌다. 자꾸 곱씹어 읽어보고 외워보자. 심란한 마음을 다스리는 데는 좋은 방법이 되리라 믿는다.

그런 생각으로 이 가을을 맞이하는 내게 우연히 어느 신문에서 본 인천 가천대길병원 오영준 간호사와 관련한 기사는 가슴 뭉클하다. 지난 2월 코로나 환자가 급증했을 때, 음압격리병상행을 자원하며 "같이 사는 가족이 없어 감염시킬 위험이 적은 내가 나서야겠다고 생각했다"는 인터뷰와 함께, 그러한 병상 풍경을 그림으로 그려 자신의 페이스북에 '간호사 이야기'로 올리고 있다는 그의 애기는 훈풍처럼 따스하다. 어디 이 분뿐이겠는가. 대한민국의 의사와 간호사가 코로나와 사투하고 있는 덕분에 우리는 그래도 희망을 잃지 않고 있다. 국민의 한 사람으로서 그들의 희생과 노력에 무한한 경의를 표한다. 사랑의 실천이란 바로 이런 것이다.

여전히 들판에는 잔혹했던 태풍을 이겨낸 벼들이 익어가고 있다. '입립신고(粒粒辛苦)'라고 하지 않는가. 벼 한 톨 한 톨이 고난과 역경을 이겨낸 산물이다. 삶이란 것도 그렇다. 난세를 이겨내면 수확의 기쁨이 있는

법이다. 이번 가을은 이웃과 자신을 더 사랑하는 마음으로 맞이하자.

'K-TROT의 글로벌화'를 꿈꾸며

참 재미있다. 모 방송사에서 하는 트로트 경연 관련 프로 말이다. 보고 있으면, 빠진다. 그것도 푹 빠져든다. 나도 모르게 몸속에 깃들어 있던 흥이 벌떡 일어나는 것 같다. 즐긴다는 것은 이런 것인가 싶다. 지상파 방송이 아닌 종합편성채널에서 기획하였고 밤이 늦은 시간에 방송됨에도 불구하고, 30%가 넘는 시청률은 분명 화젯거리가 되기에 충분하다.

지금 우리는 트로트 전성시대를 살고 있는 것일까. 필자가 2019년 방송된 것과 2020년 방송되고 있는 트로트 관련 프로그램을 검색해보니, '미스트롯', '미스터트롯', '트로트 퀸', '보이스트롯', '나는 트로트 가수다', '트롯신이 떴다', '편애중계' 등등, 지상파고 종편이고 할 것 없이 참 많다. 외형적으로도 그렇고 실질적으로도 트로트가 인기 절정이다.

더하여 이러한 경연대회에서 배출된 가수들이 새로운 광고모델로 등장하는가 하면, 각종 예능 프로그램과 가요프로그램에 게스트로 출연해 시청자들의 사랑을 한 몸에 받고 있다. 임영웅, 영탁, 이찬원, 김호중,

정동원, 장민호, 김희재, 조명섭 등의 제씨를 비롯해, 송가인, 정미애, 홍자, 전유진, 정수연, 장한이, 지원이와 같은 이름들이 이제는 무척이나 친숙해졌다. 유튜브에서도 엄청난 조회 수를 기록하며 상한가다. '코로나 19'라는 세계적인 전염병에 신음하는 우리들의 몸과 마음에 시원한 청량제로 작용하고 있다. 무엇보다 고무적인 것은 트로트가 중년세대의 전유물로 생각했던 편견을 깨고 요즘은 젊은 사람들에게 파고들었다는 점이다. 남녀노소가 즐기고 있기에 트로트의 발전 지향적 관점에서는 천군만마를 얻었다는 생각이 든다.

그럼, 왜, 뜬금없이 가요전문가도 아니고 방송전문가도 아닌 필자가 트로트 얘기를 꺼냈을까. 조금 의아해하는 분들도 있을지 모른다. 그와 관련한 답은 다음의 두 가지 제안으로 대신한다.

우선, 향후 K-TROT를 기존의 K-POP처럼 대한민국을 대표하는 문화콘텐츠로 발전시켜 보자는 의견을 제시한다. 단순히 국내에서만 즐기기에는 아깝다. 이는 단지 필자만의 생각이 아니라 다수의 사람들이 동의하리라 믿는다. 왜냐하면, 트로트 경연을 펼치는 우리 젊은이들의 실력이 너무나도 우수하기 때문이다. 우리 한민족은 옛날부터 노래를 사랑하고 즐겨 부른 민족이었다. 간혹, 외국인으로부터 한국인은 노래 솜씨가 보통이 아니라는 얘기를 듣는 터라, 방송을 지켜보면서, 아, 저들의 노래는 분명 대한민국의 문화유산이구나 얼마든지 세계무대에서 경쟁력을 가질 수 있겠구나 하는 생각이 강하게 들었던 것이다. 물론, 기존의 트로트 가수들이 이들을 이끌어주는 구심점 역할을 해야 한다. 현역 가수들과 이들이 힘을 합친다면, 그 에너지는 우리가 생각했던 것보다 더한 폭발력으로 나타나지 않겠는가. 한 국가의 문화유산이 세계적인 것이 되기 위한 가장 기본적인 전제조건은 '그 나라 고유의 것을 살리는 일'에서 비롯되어야 한다는 사실을 명심할 필요가 있다. 정부 차원에서 깊이 고민해보자. 그리고 적극적으로 그 발전 방향을 모색하고 추진해보자.

다음으로, 앞에서 제시한 K-TROT를 먼저, 우리만의 고유명사로 만드는 일부터 시작하자. 지금 사람들 사이에서 유통되는 '트로트', '트롯'이라는 우리말 표기를 하나로 통일하자는 뜻이다. 이와 관련하여, 사이트 검색 등을 통해 '트로트', '트롯'을 찾아보니, '트로트'의 사전적 의미는, "우리나라 대중가요의 하나. 정형화된 리듬에 일본 엔카에서 들어온 음계를 사용하여 구성지고 애상적인 느낌을 준다."와 "트로트는 엄연히 엔카에서 비롯한 장르였지만, 이후 트로트만의 독자성을 구축했다."는 표현이 눈에 들어온다. '트로트'가 아니고, '트롯'으로 표기할 경우는 "승마에서, 말의 총총걸음을 이르는 말"로 쓰인다는 예도 나온다. 이 경우에는 '트로트'가 맞는 표현이라고 규정한다.

일본에서는 한국의 트로트를 어떻게 정의하고 있을까. 궁금하여 야후 재팬을 검색해 보았더니, "트로트, 트롯은, 한국의 음악의 장르. 엔카(演歌)에서 파생한 것이며, 일본에서는 '한국 엔카'라고도 불린다. 한국 내에서는 '성인가요', '전통가요', '뽕짝'이라고도 불린다."는 문장이 읽힌다.

이처럼 한국과 일본에서 정의되는 트로트에 관한 몇 가지 표현을 종합해보면, 우리부터 통일된 용어를 만들고, 그것을 세계에 통용되는 공식적인 말로 만들었으면 한다. 그것이 K-TROT를 위한 첫 단추다. 그리고 트로트의 기원이 일본의 영향을 받았다는 말을 불편하게 들을 필요도 없다. 우리만의 독창적인 것으로 체계화하고 이론화해 나가고 실천해나가면 된다. 그 시점이 바로 지금이다. 트로트 열기가 뜨겁게 일어나는 지금이 적기다. 기회는 자주 찾아오지 않는 법.

K-POP이 달구어놓은 한국의 음악 콘텐츠에 다시 K-TROT이 가세했을 경우를 상상해보라. 흔들리지 않은 우리의 건강하고 품격 높은 문화콘텐츠가 꽃을 피우고 열매를 맺을 것이다. 음악 전문가가 아닌 사람의 의견이라 전문성도 없고 비현실적으로 들릴 수도 있겠으나, 음악도 문학도 예술의 영역에서 같이 호흡하고 있지 않은가. 건조해지는 우리의 삶에서 '감동'을 찾는 일, 그것이 예술의 몫이다.

1963년생의 은퇴

따뜻한 봄날, 나는 그와 술을 한잔 하면서 이런저런 살아가는 얘기를 나누었다. 그는 57세가 되던 해인 2019년 봄에 명예퇴직을 했다. 그리고 명예퇴직을 하더라도 당분간 아무것도 하지 않겠다던 그의 말대로 지금은 별다른 직업을 갖고 있지 않다. 아니, 지금은 아무것도 할 수 없는 시기가 아니냐고 했다. 경기가 좋지 않다는 설명과 함께 나이 먹은 사람을 누가 고용해주겠냐는 현실적인 얘기도 곁들였다.

은행원으로 30년 동안 근무한 그는 한 집안의 장남으로 살아오면서 얼마 전까지는 부모님께 다달이 생활비도 드려야 했고, 이제 대학 2학년인 둘째 아들의 뒷바라지도 걱정하고 있었다. 지금까지 살아오는 동안, 자신이 무너지면 한 집안의 경제와 미래가 무너질 것이라는 것을 알고 있었기에, 정신 바짝 차리고 살지 않으면 안 되었다고, 진지하게 삶의 보따리를 풀어 놓고 있었다. 술잔을 기웃거리는 바람도, 길가에 떨어진 꽃잎들도, 이리저리 몸을 뒤척이며 우리들의 얘기를 듣고 있는 것 같았다.

그는 1963년생. 올해 58세다. 대학을 졸업하고 은행원으로 사회생활을 시작한 그가 은퇴를 하고 야인으로 돌아온 것이다. 돌이켜보면, 그는 대도시에서 태어나 산업화가 한창 진행 중이던 1970년대 초·중반에 초등학교를 다녔던 세대다. 교사(校舍)가 부족하여 오전·오후로 나누어 이부제 수업을 했으며, 고교 시절에는 박정희 전 대통령 시해 사건(1979)과 광주민주화운동(1980)에 대한 기억도 또렷한 연배다. 고3 때까지 짧은 머리와 교복을 입고 다녔기에, 이른바 스포츠머리와 마지막 교복 세대로서의 문화를 함께 추억한다. 그리고 그는 '학력고사' 첫해인 82학번이다. 대학 시절에는 정권을 향해 강하게 항거하던 민주화운동의 주체세력으로 이름을 올리기도 하는 등, 참으로 많은 크고 작은 사건이 활발하게 일어났던 역사를 공유하고 있다. 또한, 한창 일하던 시기인 30대 중반에는 'IMF 사태'라고도 불리는 '외환위기'(1997. 12)의 소용돌이가 휘몰아쳤고, 40대 중반에는 '금융위기'(2008)의 파고가 있었다. 그리고 지금은 '코로나 19'로 불리는 바이러스가 창궐하는 시대를 힘겹게 건너가고 있다.

그런 삶의 이력을 가진 계묘년(癸卯年) 출생의 토끼띠인 그가 50대 중반을 넘기고서 60이 되기 전에 은퇴의 시간을 맞이한 셈이다. 몇몇 독자들은 왜 이 시점에 하필 1963년생을 화자로 등장시켰을까. 그의 은퇴를 화두로 꺼냈을까. 의아심을 가질지도 모르겠다. 그것은 그가 '베이비부머(Baby Boomer)' 세대의 마지막 해 출생자인 1963년생이라는 사실에 주목하고 싶기 때문이다. 그 토끼띠의 은퇴를 현실로 받아들여야 하기에 만감이 교차하는 것이다.

'베이비부머'란 한국전쟁 직후인 1955년부터 1963년까지 태어난 세대를 가리키는 용어다. 각 나라의 사정에 따라 그 연령대가 조금씩 다르지만, '전후 세대'라는 것과 '인구가 급격하게 늘어난 시기'라는 공통점을 갖고 있다. 미국의 경우는 1946년 이후 1965년 사이에 출생한 사람들이며, 일본은 1947년부터 1949년 사이에 출생한 세대인 '단카이세대(團塊世代)'가 여기에 해당한다.

물론 나는 예로 든 그가 1963년생의 평균적 삶의 사례라고 제시할 만한 공식적인 통계는 갖고 있지 않다. 어찌 보면, 굴곡 많은 우리의 현대사에 비추어보면, 그는 비교적 잘 살아온 사례가 될 수도 있을 것이다. 그러나 나는 여기서 2018년 7월에 발표된 어느 생명보험 회사의 통계를 떠올린다. 그가 명예퇴직하기 바로 전 해의 통계다. 거기에는 우리나라 비 은퇴자들이 예상한 본인의 실제 은퇴시기를 '57세'라고 밝히고 있다. 공교롭게도 대다수 일반인들이 느끼는 은퇴연령 인구가 베이비부머 세대의 마지막인 1963년생의 은퇴 시기와 맞아떨어지고 있다. 그의 은퇴가 좀 더 각별하게 좀 더 현실감 있게 들리는 이유이기도 하다.

우리나라 공무원의 정년이 만 60세라고 할 때, 올해 만 60세가 되는 1960년생도 만 65세가 되는 1955년생도 이제는 은퇴라는 큰 강물로 흘러간다. 어떤 이는 이들을 가리켜, 부모에 대한 효도를 실천하였으며, 자식에 대한 부모로서의 의무를 위해 최선의 삶을 살았던 마지막 세대라는 의견을 내놓는다. 거기에는 자식으로부터는 부양받을 생각이 없다는 베이비부머 세대의 뜻이 내재되어 있다. 우리 사회는 어떻게든 이들의 노고를 품어주고 다독거려주어야 한다. 노후대책을 세워 놓았기에 아무런 걱정 없다고 말할 수 있는 사람이 과연 얼마나 될까. 굳이 통계를 제시하고 싶지는 않다. 이들도 이미 '고령사회'의 일원이 되었고, 머지않아 '고령사회'의 일원으로 진입할 것이다. 이들의 삶에 국가도 사회도 더 많은 관심을 가져야 한다.

부디 베이비부머의 막내인 1963년생뿐만 아니라, 모든 베이비부머에게도 행복하고 아름다운 계절이 찾아왔으면 좋겠다.

서울, 눈은 내리지 않고

먼저, 다음 두 편의 시를 읽어보자.

순결한 자만이
자신을 낮출 수 있다
자신을 낮출 수 있다는 것은
남을 받아들인다는 것,
인간은 누구나 가장 낮은 곳에 설 때
사랑을 안다
살얼음에는 겨울,
추위에 지친 인간은 제각기 자신만의
귀가 길을 서두르는데
왜 눈은 하얗게 하얗게
내려야만 하는가
하얗게 하얗게 혼신의 힘을 기울여

바닥을 향해 투신하는

눈,

눈은 낮은 곳에 이르러서야

비로소 녹을 줄을 안다

나와 남이 한데 어울려

졸졸졸 흐르는 겨울물 소리

언 마음이 녹은 자만이

사랑을 안다

-오세영 「눈」 전문

눈이었다고,

비였다고,

아득한 허공에서부터

서로의 존재감을 다투다가

서로 양보하지 못하고 다투다가

지상에 내려와서 쓴

저 상처투성이의 삶

쌓아둘 것이 없다는 듯

사라지는데

오늘 나도 저렇게 살지는 않았는지

되돌아보고 있다

-오석륜 「진눈깨비를 맞으며」 전문

앞의 인용 시는 오세영 시인의 「눈」 전문이고, 뒤의 것은 필자의 졸시 「진눈깨비를 맞으며」 전문이다. 작품 「눈」이 우리의 가슴을 촉촉하게 적시는 까닭은 무엇일까. '눈'이 하얗게 바닥을 향해 투신하는 행위를 포착한 화자가 그 존재의 가치를 낮은 곳에 이르러 녹을 줄 아는 것으로 파악함과 동시에, 인간의 사랑도 그러한 눈의 속성과 같은 관점에서 그려내고 있다는 점에 있다. 즉, 눈과 인간의 사랑이 낮은 곳에 머무를 때 아름답다는 메시지가 시적 깊이를 확보하고 있는 것이다. '눈'은 앞으로도 변함없이 그렇게 우리의 마음속에 내릴 것이다.

「진눈깨비를 맞으며」는 필자가 퇴근길에 진눈깨비를 맞다가, 내리자마자 녹아 없어지는 진눈깨비의 실상을 관찰하며 허무하게 사라지는 진눈깨비의 소멸을 바라보는 마음, 거기에 더하여, 하루하루의 삶이 진눈깨비의 운명처럼 덧없는 것이 되어서는 안 되겠다는 다짐을 시로 옮긴 것이다. 2018년 간행한 시집 『파문의 그늘』에 실린 졸작이다.

혹여 이 글을 읽는 독자들이 왜, 지금, 뜬금없이 눈 타령인가 할지도 모르겠다. 그것은 올겨울 들어 눈다운 눈이 내리지 않았다는 아쉬움에서 연유한다. 진눈깨비는 고사하고 눈에 대한 기억이 없다. 얼마 전 눈이 내리기는 했지만, 그야말로 발자국이 겨우 날 정도로 적게 내린 '자국눈'이었다. 슬그머니 지나간 무정한 것이었다.

실제로 2020년 2월 12일의 기상청 발표에 따르면, 지난해 2019년 12월부터 2020년 2월 10일까지 주요 도시의 적설량을 보면 서울은 1.1cm였다. 기상청이 1937년 관측을 시작한 이래 가장 적었다고 한다. 물론 서울 이외의 주요 지방도 비슷한 적설량을 기록할 것으로 예상된다고 하니, 자칫 눈이 내리지 않는 겨울이 될까 걱정이 앞선다. 이렇게 되면, 시인들의 시와 화가들의 그림, 그리고 아름다운 노랫말에서 중요한 소재로 등장했던 눈이 더 이상 자취를 감출지도 모른다. 이 글을 쓰는 오늘도 온종일 눈 대신 비가 내렸다. 몇 번의 겨울비만 지나갔다.

눈 내리지 않는 겨울은 쓸쓸하다. 상서로운 눈이란 뜻의 '서설(瑞雪)'이라는 말도 눈이 내리지 않으면 쓸 일도 없다. 추억의 저장고처럼 기억되는 '눈싸움'이란 것도 아예 사라질지도 모른다. 눈에는 우리들의 낭만을 자극하는 여러 기운이 내장되어 있다. 첫눈 오는 날, 사랑하는 사람끼리 만나자고 약속을 했는데 만약 눈이 오지 않는다면 어찌할 것인가. 눈발처럼 백발이 내려앉은 할아버지 할머니에게도 눈은 여전히 겨울만이 전해주는 아름다운 편지 같은 것이다. 겨울에는 눈이 와야 그해 농사도 순조로웠다는 옛 어른들의 이야기도 추억처럼 묻힐까 봐 허전해진다.

무엇보다 눈이 오지 않는 원인이 '지구온난화'라면 더더욱 슬픈 소식이 아닐 수 없다. 올해만 그런 것이 아니라, 앞으로도 눈 볼 일이 점차 줄어든다는 뜻으로 해석할 수 있기 때문이다. 동시에 '함박눈', '도둑눈', '소낙눈', '눈보라', '싸락눈', '첫눈', '자국눈', '진눈깨비'와 같은 눈을 나타내는 예쁜 순우리말들이 없어지면 어쩌나 하는 생각도 일어난다.

'코로나19'로, '미세먼지'로, 올겨울 대한민국을 감싸고 있는 공기도 우울하다. 눈이 와야 한다. 그래야 우리의 사계절도 본래의 아름다움과 균형을 잃지 않는다. 이제 눈이 오라고 기원하는 기설제(祈雪祭)라도 지내야 하지 않을까 싶다. 동심으로 돌아가, "펄펄 눈이 옵니다. 바람 타고 눈이 옵니다. 하늘나라 선녀님들이 송이송이 하얀 솜을 자꾸자꾸 뿌려줍니다…… 하늘나라 선녀님들이 하얀 가루 떡가루를 자꾸자꾸 뿌려줍니다. 자꾸자꾸 뿌려줍니다."라고 「펄펄 눈이 옵니다」 동요를 흥얼거리고 싶다. 눈, 참 그립다.

개천의 용

  '개천의 용'. 이렇게 몇 글자 적지 않았을 뿐인데 참 많은 그리움이
몰려온다. 가슴 벅찬 울림으로 전해져 온다. 왜 그럴까 반문하지 않더라
도 많은 사람이 필자의 이 표현에 동의할 것 같다. 아, '개천의 용'이여.
찢어지는 가난과 고난을 겪고 세상의 중심에 우뚝 선 자들이여. 그대들
이 헤쳐 온 삶의 과정을 생각하면, '개천의 용'은 참으로 아름다운 조어
(造語)가 아닐 수 없다. 이보다 더 그들의 고진감래(苦盡甘來)의 과정을 찬
미하고 함축적으로 표현할 만한 말이 있을까.

  여기에서 굳이 개천에서 용이 된 사람들을 일일이 예를 들고 싶지는
않다. 동서고금의 역사를 통해 적지 않게 볼 수 있으리라. 그리고 그들
이 빚어낸 창조적인 삶은 어려운 환경에 처한 많은 사람들에게 무한한
용기를 심어주었다. 어떻게 살아야하는지에 대한 근본적인 고민을 하던
범인(凡人)들에게 그들은 따뜻한 전설이고 희망이었다. 건강한 삶의 해
법을 제시해주는 등댓불 같은 존재였다.

아, 그런데 어찌된 일인가. 이제는 '개천의 용'이 서서히 자취를 감출 것 같다. 아니, 좀 더 과장해서 얘기하면, '개천의 용'이 소멸의 길로 접어드는 것이 아닌가 하는 불길함이 찾아온다. '개천의 용'이라는 용어의 소멸을 재촉하는 '금수저'라는 단어가 대척점에 서서 우리를 우울하게 하는 것이다. '금수저'는 원래, 금으로 만든 숟가락과 젓가락을 아울러 이르는 말이나, 이제는 그 본래의 뜻보다 부유하거나 부모의 사회적 지위가 높은 가정에서 태어나 경제적 여유 등, 좋은 환경을 누리는 사람을 비유적으로 이르는 말로 인식되고 있다. 그런 경향이 짙어졌다. 최근 유행처럼 우리의 일상에 자주 등장해 그야말로 고착화된 단어다.

이 시점에서 필자는 한국의 통계청이 2019년 11월 25일 발표한 '2019 사회조사'에서, "내 자식이 노력하면 성공한다"고 응답한 국민의 비율이 최근 10년 사이 48%에서 29%로 무려 19%나 급감한 사실에 주목한다. 이는 우리 사회의 '계층 이동'에 대한 인식을 보여주는 구체적인 수치기 때문이다. 향후 자식의 삶에 대한 기대치가 비관적이고 부정적인 방향으로 바뀌고 있다는 점에서 이 수치에는 슬픔이 내재되어 있다.

'개똥밭에 인물 난다', '자수성가(自手成家)'와 같은 말이 점점 더 우리 사회에서 격리되는 것도 안타깝지만, 그보다 이제는 부모의 재산이 자식의 사회적, 경제적 지위를 결정해주는 요인으로 정착하지 않을까 몹시 두렵다. '금수저', '은수저', '흙수저', '무수저'와 같은 이른바 '수저계급론', 그리고 대한민국에 더는 희망을 가질 수 없다는 의미로 통용되는 '헬조선(Hell 朝鮮)'과 같은 자조 섞인 용어가 사회 전반에, 특히 젊은이의 가슴속에 각인되어 가고 있다는 느낌이 구슬픈 곡조로 울어대는 것만 같다.

더불어 우리가 심각하게 생각하고 해법을 고심하는 '저출산' 문제도 이러한 사회 현상으로 야기된 문제의 하나일 것이다. 2019년 7월에서 9월까지의 합계 출산율은 0.88명이었다. 정말 충격적이었다. 2018년 같은 기간의 0.96명보다 더 떨어졌다. 통계청이 2020년 2월 26일 발표한 '2019년 출생·사망통계(잠정)'를 보면 2019년 합계 출산율은 0.92명이었다. 합계 출산율은 여성 1명이 평생 낳을 것으로 예상되는 평균 출생아 수를 뜻하는데, 이는 1970년 통계 작성이 시작된 이후 역대 최저치다. 우리나라의 2019년 출산율은 OECD(경제협력개발기구) 36개 회원국의 평균 1.65명(2017년 기준)을 크게 밑돈다. OECD 국가 중 합계 출산율이 1명 미만인 곳은 없다. 이제 대한민국은 OECD 국가 중 가장 낮은 수준의 국가가 되었다. 2020년 출산율이 0.8명대가 될 것이라는 우울한 전망도 가슴 아프게 다가온다.

최근 출산율이 매년 역대 최저를 경신할 정도로 추락하자, 정부가 출산·양육에 대한 사회적 기여 인정을 확대하고자 국민연금 '출산크레딧'을 첫째 아이부터 6개월을 부여하는 방안을 본격 추진하기로 한다는 소식이 들려온다. '출산크레딧'은 둘째 아이를 낳으면 12개월, 셋째 아이의 경우 18개월, 넷째 아이는 48개월, 다섯째 이상은 50개월의 연금 가입 기간을 추가해주는 제도를 말한다. 자녀 인정 범위에 친생자뿐 아니라 양자·입양 자녀도 포함되는데 2008년부터 도입 시행되고 있다.

이러한 허약한 수치의 바탕에는 사회가 젊은이들의 꿈을 방치해 놓은 것과 무관하지 않다. 이들을 더 이상 방치하는 것은 곧 우리의 미래를 방치하는 것과 동일한 선상에 놓는 행위다. 무엇보다 '2019 사회조사'에서 20대와 30대의 절반 이상이 우리 사회를 "믿을 수 없다"고 답한 대목에 주목해야 한다. 또한, 경기연구원이 2019년 12월 경기도민 1200명을 대상으로 진행한 모바일 설문조사에서도, "한국사회는 공정한가"라는 질문에 "그렇지 않다"는 부정적 응답이 76.3%였다는 사실에도 경각심을 가져야 한다. 이는 '우리 사회가 공정하지 못하다'는 인식이 팽배해 있다는 방증이다.

이제 국가와 사회가 공정한 게임, 공정한 룰(rule)을 꿈꿀 수 있게 이런 암울한 통계를 걷어내야 한다. 그런 간절함이 없다면 우리의 삶은 점점 더 황폐해진다. 계층 이동의 중요한 사다리 역할을 했다고 여겼던 '사법고시'를 부활시키고, 그리고 대학입시에서 정시를 확대하는 정책 등은 국가가 우리들에게 던져주는 희망적인 시그널이 될 수 있다. 더하여, 노력하면 얼마든지 집을 사고 안정된 생활을 할 수 있다는 부동산 대책과 획기적인 출산 대책도 절박한 심정으로 서둘러야 한다. 그렇게 해야만 '개천의 용'도 다시 살아 돌아온다. 그립고 또 그립다. '개천의 용'이여.

방탄소년단의 '아리랑'을 들으며

"아리랑 아리랑 아라리요 아리랑 고개로 넘어 간다

나를 버리고 가시는 임은 십리도 못 가서 발병 난다"

이것은 한국인 누구라도 알고 있는 우리의 대표적인 노래 '아리랑' 이다. 유네스코 인류무형문화유산으로 등재된 이 노래가 최근, 그 어느 때보다 가슴 벅차고 자랑스럽게 들리는 것은 왜일까. 그것은 단순히 세계적 팝스타인 한국의 BTS(방탄소년단)가 자신들의 미국 공연에서뿐만 아니라, 여러 해외공연에서 이 노래를 불렀다는 사실도 중요하지만, 수많은 외국인 관중들이 다 같이 이 노래를 따라 부르는 이른바 '떼창'의 풍경 때문이었다. 한국인으로서 긍지가 느껴지는 순간이었다. 지금까지 접해보지 못한, 지극히 단순한 곡조와 사설 구조를 가진 한국인 고유의 노래가 지구촌 사람들의 가슴에 파고들었다. 그들의 어깨를 들썩이게 하고 입을 통해 발현되는 감동적인 광경이 연출된 것이다. 한국인에게는 '한(恨)'이 담긴 노래라고 알려진 '아리랑'이 이렇게 흥겨운 음악이 되어 세상을 물들일 줄이야. 아마 그 누구도 상상하지 못했으리라. 한 편의 드라마고 아름다운 기적이었다.

내가 여기서 방점을 찍고 싶은 것은 가장 한국적인 것, 우리 고유의 것, 그것이 바로 세계적인 것으로 통용되고 있다는 점이다. 이것은 무척이나 중요하다. 하나의 국가, 그 고유의 문화가 세계적인 것으로 유통되며, 보편의 사고와 소통하고 있다는 것에 주목할 필요가 있다. 그것이 평범한 진리가 되고 있는 것이다. 얼핏 생각하면, 한 국가의 문화적 특수성과 세계적 보편성은 별개의 것으로 생각하기 쉽다. 하지만, 대부분은 그 뿌리가 하나이거나 서로 소통하는 성질을 갖고 있다는 것을 잊어서는 안 된다. 그 외, 여러가지 문화도 비슷한 속성을 갖고 있고, 문학 또한 그 틀에서 벗어나지 않는다.

예를 들면, 동양권에서 일본 문학이 두 명의 노벨상 수상 작가를 배출한 것도 이러한 이유에서 설명될 수 있다. 주지하다시피, 소설 『설국(雪國)』으로 일본에서는 처음으로 1968년 노벨문학상을 수상한 작가 가와바타 야스나리(川端康成, 1899-1972)가 작품에서 구현한 큰 줄기는 일본만이 가진 고유의 전통적인 아름다움이었다. 그 전통의 아름다움에 작가만의 감성이 어우러져 독자들을 흡입하였다. 1994년에 역시 노벨문학상을 수상한 『만연원년(萬延元年)의 풋볼』의 작가 오오에 겐자부로(大江健三郎, 1935-)도 지적 장애인 아들과 아버지와의 관계를 모색하는 여러 작품들을 통해 세계인들의 공감을 이끌어냈다. 바로 개인적인 체험의 보편화였다. 그의 다른 작품도 꼼꼼히 들여다보면, '반핵', '반전', '평화',

'민주주의' 등, 인류의 보편성과 굳게 이어져 있었다. 또한, 중국을 대표하는 작가인 모옌(莫言, 1955-)도 중국의 설화와 역사, 현대사를 뒤섞은 작품들로 환각적인 현실주의를 선보여 중국인으로서는 처음으로 2012년 노벨문학상을 수상하였다. 그 외 노벨문학상을 수상한 해외의 많은 수상작들도 자국 고유의 특성을 바탕으로 창작되었다는 특징을 보여준다는 점에서 우리가 곱씹어봐야 할 대목이 아닐 수 없다.

우리의 경우도 마찬가지. 한류 발상의 중심축이었고 여전히 그 본류를 형성하고 있는 K-드라마도 그러하여, 한류를 세계에 전파시킨 대표작의 하나로 손꼽히는 '대장금(大長今)' 역시 그 바탕에는 가장 한국적인 문화가 흐르고 있다. 수라간 궁녀로서 궁궐에 들어간 주인공 '장금'이 당시의 임금이었던 중종의 주치의인 의녀(醫女)가 되기까지의 성공과 사랑이 세계인의 공감을 얻으며 화제작이 된 것이다. 즉, 지역의 고유성이나 특수성은 세계적 보편성과 별개로 존재하는 것이 아니라, 서로 같은 뿌리로 이어져 있다는 뜻이다.

최근 세계적인 영화제인 제92회 미국 아카데미 시상식(2020)에서 작품상, 감독상, 각본상, 국제장편영화상을 수상하고, 바로 전해에는 프랑스 칸 영화제에서 최고의 영예인 황금종려상을 받은(2019) 한국의 봉준호 감독의 작품 「기생충」 또한 그 스토리를 보면, 현재를 살아가는 우리 한국인의 일상의 한 단면이다. '빈부격차'를 영화의 중심축으로 다루고 있다. 그러나 생각해 보면, '빈부격차'는 단순히 한국인뿐 아니라, 자본주의의 중심국가인 미국인도 겪고 있는 것이고, 전 세계 사람들이 같이 경험하고 있는 문제가 아닌가. 그러한 주제는 그 누구의 이야기도 아닌 우리의 이야기고 나의 이야기라는 사실에 사람들이 공감한 것이다. 거기에 내재하는 인간의 갈등 묘사가 세상 사람의 공감에 불을 지른 격이다.

이처럼 우리의 문화가 세계적인 작품이나 세계적인 문화유산으로 발전하고 정착하기 위해서는 그 나라 고유의 특수성과 세계적 보편성, 이 양자의 공존 관계나 상호 보완적 성격을 고려해야 하겠지만, 우선은 세계적인 것을 외치기 전에 우리 고유의 미적 세계에 천착할 필요가 있다. 콘텐츠의 품격은 거기에 존재한다는 사실을 잊어서는 안 될 것이다. 우리의 것이 소중한 이유가 바로 여기에 있다.

BTS의 '아리랑'을 들으며 생각한다. 우리가 습관처럼 불렀던 이 노래가 우리 조상들이 물려준 중요한 문화유산이라는 것을. 짙어가는 녹음처럼, '아리랑'의 곡조가 내 가슴에 깊은 울림을 일으키고 있는 어느 초여름 날 아침이다.

소 이야기

생사의 경계선을 넘나들며 울음조차 두려웠을까. 울음 대신 운명의 시간을 받아들이는 긴장과 침묵이 소의 뿔처럼 단단하게 자리 잡고 있었다. 그리하여 또다시 그 상황이 소의 죽음으로 이어질지도 모른다는 생각이 물에 젖은 소도시처럼 범람하고 있을 때, 사람들이 소의 몸을 밧줄로 휘감았다. 그리고는 지붕으로 피해간 공포를 지상으로 천천히 걷어내고 있었다. 살았다. 소가 살았다. 함께했던 가족과 동료를 떠나보낸 슬픔이 소의 눈에 맺혀 있었다.

2020년 여름, 텔레비전에서 본 전라남도 구례군의 어느 축산농가에서 있었던 소 구출 장면이다. 그 눈이, 죽음의 공포에서 벗어난 소의 그 눈이, 쉬 잊히지 않는다. 한편으로는, 최장의 장마가 전 국토에서 할퀴고 간 상처 속에서도, 격한 슬픔 속에서도, 기쁨이 피어날 수 있다는 메시지로 읽혔다. 어느 신문에서는 역시, 구례군의 한우 세 마리가 67km를 헤엄쳐 살아났다는 기사를 싣기도 했다. 생명이란 인간과 동물을 가리지 않고 질기고 질긴 것이다. 더불어, 수마가 휩쓸고 간 상흔은 악조건 속에서 희망도 공존한다는 작은 불씨를 던져주고 간 것 같다.

먼 거리까지 떠내려간 소는 어떻게 살아남았을까. 장마가 계속되는 상황에서도 살아난 소를 통해 생각나는 고사성어가 있다. '우생마사(牛生馬死)'가 바로 그것이다.

이 말에는 홍수가 났을 때 힘이 센 말은 자신의 빠름과 힘만 믿고 물살을 거슬러 올라가려다 힘이 빠져 죽음을 맞이하지만, 소는 물살에 몸을 맡기고 유유히 떠내려가면서 조금씩 뭍으로 나가 목숨을 건진다는 뜻이 내포되어 있다. 14세기에 중국의 나관중(羅貫中)이 장회소설(章回小說)의 형식으로 편찬한 장편 역사소설인 『삼국지연의(三國志演義)』에는 유비가 자신을 죽이려는 무리를 피해 적로마(的盧馬)를 타고 달아나다가 깊고 넓은 강에 앞길이 막히는 사면초가의 상황이 나온다. 하지만, 그때 유비는 자신이 타고 있던 적로마가 갑자기 물속에서 몸을 일으키며 한꺼번에 10여 미터나 날아가 준 덕분에 추격자로부터 벗어나게 된다. 물론 소설 속의 한 장면이지만, 실제로 말은 의외로 헤엄을 잘 치는 동물이라고 한다.

반면에 소는 수영을 못해서 물살을 거슬러 올라가지 않고 물살에 몸을 맡긴 채 떠내려가다가, 조금씩 강가에 접근하며 얕은 곳에 이르렀을 때 비로소 빠져나와 목숨을 건진다. 우생마사에는 이런 함의가 있다. 즉, 거칠고 센 물살 속에서 헤엄을 잘 치는 말보다는 묵묵하게 적응해가는 소가 살아남는다는 뜻이다. 비슷한 뜻으로 통용되는 '치망설존(齒亡

舌存)'은 단단한 이는 빠져도 부드러운 혀는 남는다는 말인데, 강한 자가 먼저 망하고 부드러운 자가 마지막까지 살아남는다는 우의를 품고 있다. 우생마사와 함께 곱씹어봐야 할 사자성어가 아닌가 하는 생각을 해본다.

살다 보면, 이 고사성어가 뜻밖에 우리의 인생사에 이어질지도 모른다. 급변하는 환경에 살아남는 방법의 하나로, 소와 같이, 변화하는 시대의 환경 변화를 잘 읽으며 점차 자신만의 기회를 찾아가는 지혜가 필요하다. 21세기를 살아가는 우리의 삶은 정답이 없는 무한 경쟁에 놓여 있다. 한 번쯤은 이 우생마사의 지혜를 되새겨볼 만하다.

그런 의미에서 우리가 흔히 쓰는 '우보(牛步)'라는 말도 의미 있게 들린다. 소의 걸음이란 뜻. 세상살이에 느린 걸음이 무슨 말인가 할 수도 있겠지만, 바쁘게 변화를 시도하는 트렌드에는 뜻밖에도 우보가 살아남는 방법으로 작용할지도 모른다.

한편, 소는 서양에서는 상승을 의미하는 개념으로 읽히기도 한다. 대표적인 것이 뉴욕증시에서 상승장을 뜻하는 말이 '불 마켓(Bull Market)'이다. 하락장을 의미하는 '베어 마켓(Bear Market)'과 대립 개념이다. 불은 황소고, 베어는 곰이다. 뉴욕 월가에 있는 황소상이 그런 사고를 반영한다. 그것은 이 두 동물이 싸움을 준비하는 자세의 차이에서 그 유래를 찾아볼 수 있는데, 황소는 뿔을 세우고 하늘을 향하지만 곰은 바닥으로 자세를 낮추고 싸움에 임한다. 투자자들에게는 황소가 복을 불러다 주는 동물로 인식되는 셈이다.

동서양을 막론하고 소는 인간의 역사와 생활 속에 자리한 동물이다. 또한, 인류가 존재하는 한 영원한 삶의 동반자다. 장마에도 살아난 한우처럼, 상승을 상징하는 뉴욕 월가의 황소상처럼, 우리의 일상에도 소와 같은 생명력, 혹은 발전이 있었으면 좋겠다. 이제 여름도 얼마 남지 않았다. 곡식과 과일 잘 익으라고 하늘이 그동안 숨겨왔던 볕을 마음껏 발산할 것이다.

한일관계, 여전히 풀리지 않고 있고

"금세기의 한 시기에 있어서 양국 간에 불행한 과거가 있었던 것은
참으로 유감(遺憾)이며, 다시 되풀이 되어서는 안 된다고 생각합니다
(今世紀の一時期において両国の間に不幸な過去が存在したことはまことに遺憾であ
り、繰り返されてはならない)."

"우리나라에 의해 야기된 불행한 시기에, 귀국의 사람들이 겪은 고
통을 생각하면 저는 통석(痛惜)의 염(念)을 금할 수 없습니다(我が国によ
ってもたらされたこの不幸な時期に, 貴国の人々が味わわれた苦しみを思い, 私は痛
惜の念を禁じえません)."

왜 아직도 이 두 개의 인용문이 내 귀에 생생하게 울려 퍼지고 있는
지 모르겠다. 여전히 평행선을 달리는 것처럼 요원하게만 느껴지는 한
일관계 때문일까. 1965년 한일국교정상화 이후, 친소(親疏)를 거듭하고
있는 두 나라는 여전히 적절한 해답을 찾지 못한 채 답답한 계절을 서성

거리고 있다.

알려진 것처럼, 이들 인용문은 일왕이 당시 일본을 찾은 한국의 대통령에게 일제가 과거 한국에 행했던 강제 점령의 역사를 사과하는 문장이라는 공통점을 갖고 있다. 앞의 것은 1984년 9월 6일, 궁중 만찬회에서 히로히토(裕仁, 1901-1989) 일왕이 당시의 전두환 대통령에게 한 사과문의 한 부분이고, 뒤의 것은 1990년 5월 24일, 당시의 노태우 대통령에게 히로히토의 아들인 아키히토(明仁, 1933-) 일왕이 직접 발표한 연설문의 일부다. 시간적으로 보면, 인용한 이 두 개의 사과문은 모두 30년 이상의 나이를 먹어버렸다.

이 두 개의 사과문에서 그 당시에도 그랬고 지금도 회자되고 있는 표현은 '통석의 염(痛惜の念)'이다. 이것은 한국인에게는 무척이나 생소한 단어였기 때문이다. 이것을 일본어 사전에서 찾아보면, "몹시 애석하고 심히 유감스러운 생각"으로, "통석의 염을 금할 수 없습니다"는 "애석한 마음이 너무 커 견딜 수 없습니다"라는 뜻으로 나온다. 덧붙여 "기본적으로 조전(弔電) 속에서 사용되는 말이며, 일상의 회화체에서 사용해 버리면 위화감이 있기에 추천하지 않습니다."라는 설명도 눈에 띈다.

물론, 이 사과의 장면을 목격한 당시의 한국인들은 위의 인용문에 서술된 표현들이 과연 일왕이나 일본의 진심에서 우러나온 것인지에 대한 논란은 있었지만, 그래도 일본이 패망하고 난 후, 사실상의 전쟁 지도자였던 히로히토 일왕의 공식적인 첫 사과라는 점에서, 또한 아키히토 일왕의 의지를 담아 일본 정부가 마련한 표현이었다는 점에서, 각각 긍정적으로 해석하는 기류가 많았던 것도 사실이다.

그것은 아마도 그와 병행하여, 당시의 나카소네 야스히로(中曽根康弘, 1918-2019) 총리의 "한국인에게 큰 고난을 준 것에 깊은 유감"이었다는 사과, 그리고 "과거 일본의 행위로 한국인에 극심한 고통과 슬픔을 경험하게 한 것에 겸허히 반성하고 솔직한 사과를 한다"는 가이후 도시키(海部俊樹, 1931-) 총리의 발언이 더해졌기 때문이리라.

그로부터 28년이 지난 2018년 8월 15일, 아키히토 일왕은 일본인이 말하는 '종전일(終戰日)' 추도식에서, "전후 오랫동안 이어진 평화의 세월을 생각하며, 과거를 돌이켜보며 깊은 반성과 함께 앞으로 전쟁의 참화가 다시 반복되지 않기를 간절히 바란다"는 추도사를 발표했다. 아키히토 일왕이 그동안 꾸준하게 일제강점기에 대한 반성의 마음을 전하고 있었다는 점에서 이날의 문장은 그리 새롭거나 이상하게 느껴지지는 않았다.

또한, 2019년 5월 새로 즉위한 나루히토(德仁, 1960-) 일왕도 그해 8월 15일에 있었던 '추도식' 기념사를 통해, 전후 오랫동안 이어온 평화로운 세월을 생각하고 과거를 돌아보며 "깊은 반성"을 한다는 뜻과 함께, "두 번 다시 전쟁의 참화가 반복돼서는 안 된다는 점을 간절히 원한다"고 밝혔다. 이는 선대 왕인 아키히토와 같은 견해를 피력한 것으로 해석할 수 있다.

한편, '일제가 아시아 여러 나라에 고통을 주었다'는 요지의 과거 일본 총리들의 반성적 표현과 달리, 아베 신조(安倍晉三, 1954-) 총리의 발표문에서는 그러한 언급이 보이지 않았다. 그것은 아마도 몇 년째 '진심을 담은 반성'과 관련한 표현을 찾기가 쉽지 않았다는 사실과 무관하지 않아 보인다. 향후에도 그런 성격의 입장문은 나오지 않을 것 같다.

그런 의미에서 1995년 8월 15일 일본 총리가 발표한, "식민지 지배와 침략으로 아시아 제국의 여러분에게 많은 손해와 고통을 주었다. 의심할 여지없는 역사적 사실을 겸허하게 받아들여 통절한 반성의 뜻을 표하며 진심으로 사죄한다"는 이른바 '무라야마(村山, 1924-) 담화'가 떠오르는 것은 여전히 진일보하고 있지 않는 한일관계에서 오는 안타까움에서 비롯된 것인지도 모른다. 그 후 적잖은 세월이 흘렀지만, 역사는 화해와 답보와 퇴보의 길을 반복하고 있는 느낌이다. '풀리지 않는 실타래'란 바로 이런 것일까.

한일 국교 정상화 이후 양국에서 두 나라의 긍정적 발전을 위한 제안과 처방이 쏟아진 것은 어제오늘의 일이 아니다. 나도 굳이 적절한 해법이라는 것을 제시하고 싶지는 않다. 왜냐하면, 아마 그 해법이라는 것이 그동안 한일 양국의 민간 차원에서 이루어졌던 수많은 심포지엄이나 국제회의 등에서 숫자를 헤아릴 수 없을 만큼 쏟아졌기 때문이다. 그러나 답답하게도 두 나라의 평화와 발전을 간절히 원하는 구체적인 실천은 쉽지 않아 보인다. 그 어느 때보다 작금의 한일관계는 어두운 터널 속에 갇혀 있다. 한일국교 정상화 이후 최악의 시기가 아닌가 하는 생각도 해 본다. 이것은 정치권과 민간 사이의 명료한 괴리다. 이웃으로서의 두 나라가 새로운 길, 새로운 가치, 새로운 창조를 모색하는 날이 오기를 기대한다.

먼저, 다음 소개하는 두 작품을 읽기로 하자.

"장맛비 내려

두루미의 다리가

짧아졌느냐"

"(전략) 허약해진 물소리로 추분(秋分)까지 버틴 것만 해도 용하다며 중랑천의 가뭄 소식을 전해주고 가는 두루미 몇 마리, 그들의 비상(飛翔)과 열차의 작은 소리가 하나둘씩 불을 켜고, 이윽고 열차의 바퀴소리가 중랑천 바닥으로 달려가 족적을 찍는 것도 보인다."(후략)

-오석륜 「월계역」 일부

집 앞에 펼쳐진 중랑천의 풍경을 바라보다가 문득 일본의 하이쿠 시인이었던 마쓰오 바쇼(松尾芭蕉, 1644-1694)의 하이쿠(俳句) 한 수가 생각났다. 앞의 시는 바로 그의 대표작으로 꼽히는 것의 하나다. 하이쿠는 17자(5자, 7자, 5자)로 이루어진 일본을 대표하는 정형시다. 우리나라의 시조 같은 것. 하이쿠에는 별도의 제목이 없다. 인용 시에 제목을 붙이지 않은 것은 그 때문이다. 시는 장맛비로 물이 엄청나게 불어나서 하천에 머무는 두루미의 다리가 짧아 보이는 모습을 읊은 것이다. 자연의 섭리에 순응하는 인간의 시각을 조류의 이미지를 불러와 풀어낸 명구로 읽히는 작품이다.

뒤의 것은 내가 쓴 졸작의 한 편이다. 시집 『파문의 그늘』에 실은 「월계역」이라는 산문시의 일부다. 역시 중랑천의 가뭄이 시적 소재다. "허약해진 물소리", "중랑천의 가뭄 소식", "열차의 바퀴소리가 중랑천 바닥으로 달려가 족적을 찍는 것"과 같은 표현은 지속되고 있는 가뭄을 그렸다. 중랑천 바닥이 보이기에 열차 바퀴소리가 발자국을 찍을 수 있다는 내 상상을 옮긴 것이다. 2018년에 쓴 작품이지만, 몇 년이 지난 지금도 가뭄은 진행형이다. 바쇼의 하이쿠도 「월계역」도 모두 '두루미'라는 조류를 통해 가뭄의 형상을 나타내고자 한 공통점이 눈에 들어온다.

야속하게도 최근에 내가 바라보는 중랑천의 경치에도 가끔씩 찾아와 머물다 가는 두루미의 다리가 길게 보이는 날 뿐이다. 2020년 여름을 제외하면 최근 두, 세 해 전의 장마철에도 장맛비는 슬쩍 중랑천에 몸만 적시고 가는 수준이었다. 이렇게 고통스럽게 가뭄을 겪고 있는 것이 어디 중랑천뿐이었겠는가.

온 나라의 산하가 가뭄으로 신음 중이었던 2017년에는 가뭄이 극심하여, 경북 의성군 건설도시과 직원들이 극심한 가뭄을 이기기 위해 금성산 산행을 하며 기우제를 올렸고, 충남 청양군 의회도 기우제를 올리는 등, 단비를 기원하는 지자체가 꽤 있었다. 우리의 기억에서 사라진 줄 알았던 기우제가 다시 모습을 나타낸 것이다. 전국의 사찰과 명산에서 비를 기원하는 기우제를 여는 등, 하늘에 단비를 구애하는 애절함이 계속된 적이 있었다.

그럼, 우리 조상들은 과연 가뭄 극복을 위해 어떤 노력을 했을까 하는 궁금증이 생겨 옛 문헌을 살피니, 가뭄을 극복하기 위한 사례들을 읽을 수 있다. 우선, 『조선왕조실록』에는 기우제가 음력 4월과 7월 사이에 연중행사처럼 열렸다고 적고 있는데, 그 횟수가 무려 1천 447회나 된다고 하니 놀라지 않을 수 없다. 이 시기에는 가뭄을 음양의 조화가 무너졌기 때문이라고 해석했다. 즉, 자연재해로 받아들인 것이다. 이에 양기(陽氣)를 억제하고 음기(陰氣)를 불러들이기 위해 남대문을 닫고 북문인 숙정문(肅靖門)을 열어 비가 오기를 빌었다고 한다. 가뭄을 극복하기 위해 왕이 직접 종묘나 사직단에 나가 기우제를 지냈다고 하니 비를 염원하는 마음을 충분히 읽고도 남는다.

그래서일까. 전통적인 우리의 기우 행사에서는 여성의 역할이 두드러지고 강조되었다. 경북 경주에서는 푸른 버들가지 고깔을 쓴 수십 명의 무당이 젖가슴과 하체가 보일 정도의 모습으로, 저고리 깃과 치맛자락을 드러냈다 감추고 하는 행위를 반복하며 음란한 춤을 추었다고 한다. 또한, 충청도·전라도·경상도의 한반도 남쪽 지역에서는 여인들이

산 정상에 올라가 일제히 오줌을 누면서 비를 갈구했다. 이 역시 음양사상에서 비롯된 것. 양이 지나쳐서 가뭄이 생기기 때문에, 음인 여인들이 단체로 춤을 추거나 방뇨를 하면 음양의 기운이 서로 조화를 이루어 비가 내린다는 믿음으로 해석할 수 있는 대목이다.

또한, 『조선왕조실록』에는 가뭄의 기록과 관련하여, 조선의 3대 임금이었던 태종 때에는 재위 18년간 기우제 기록이 없는 해는 태종 3년(1403) 단 한 해뿐이었다고 전하고 있다. 나머지 열일곱 해 동안은 매년 두세 번씩, 1416년 한 해에는 무려 아홉 번의 기우제를 지냈다는 기록까지 보인다. 실록은 또한 태종이 즉위한 후 극심한 가뭄으로 모든 곡식이 말라 죽자, 전국의 민초들이 '유리걸식(流離乞食)'하며 길가에 굶어 죽은 시체가 넘쳐났다고 적고 있다. 그 참혹함을 짐작하고도 남는다. '유리걸식'이란 '정처 없이 떠돌아다니며 밥을 빌어먹는다'는 뜻이다.

조선의 26대 임금이었던 고종 때에도 무려 186회의 기우제를 올렸다는 문장이 눈에 띈다. 고종 19년인 1882년 5월 4일에, "삼각산과 목멱산에서 여섯 번째 기우제를 지내다."라는 구절이 나오는 것으로 봐서는, 농경사회였던 그 당시 한반도에는 가뭄이 잦았던 것으로 짐작할 수 있으며, 그만큼 비를 갈구했던 우리 조상들의 애절한 마음도 동시에 읽을 수 있다.

이웃 나라 중국도 가뭄에 적극적으로 대처하여, 5년 전인 2015년 6월, 저장성 닝보시와 레이저우시에 인공 강우탄을 곡사포 등으로 발사하여, 각각 59.2mm와 29.2mm의 비를 얻었다고 하는 뉴스를 접했던 기억이 난다. 2010년대부터는 중국과 인도, 태국에서 인공강우 실험을 했다는 외신 보도가 있었는데, 이는 대기오염을 줄이기 위한 방편으로 행한 것이라고 한다. 우리나라도 무인기에 부착한 연소탄을 태워 구름 씨를 살포하는 방법을 이용해 인공강우를 만든 적이 있었지만, 아직 그 실험에서 얻은 객관적이고 유의미한 연구 결과의 보고서나 논문을 찾을 수 없다고 하니, 과학은 아직도 자연을 이기기에는 벅찬 상대일 수밖에 없는 모양이다.

아마도 지구 온난화로 야기되는 '이상 기후'는 앞으로도 계속될지 모른다. 아무리 과학 기술과 관개시설의 발달이 이루어진다고 해도 하늘의 일을 인간의 의지대로 할 수는 없는 노릇이다. 어찌하랴. 하늘의 뜻에 거슬리는 행동을 삼가고 순리대로 살아가는 노력을 할 수밖에. 지성이면 감천이라고 정성을 다하면 하늘도 감동하지 않겠는가. 계속해서 해갈의 노래를 부르고 또 부르자.

교토京都에서 날아든
'윤동주 시비 제막식' 소식을 접하며

내를 건너서 숲으로
고개를 넘어서 마을로

어제도 가고 오늘도 갈
나의 길 새로운 길

민들레가 피고 까치가 날고
아가씨가 지나고 바람이 일고

나의 길은 언제나 새로운 길

오늘도 내일도
내를 건너서 숲으로
고개를 넘어서 마을로

-윤동주 「새로운 길」 전문

지난 2017년 10월 28일, 일본의 교토 우지시(宇治市) 시쓰카와(志津川)의 우지천(宇治川) 강변에서는 감동적인 광경이 연출되고 있었다. 바로 윤동주(1917-1945) 시인의 시비 제막식에서 「새로운 길」이 낭송되고 있던 것이다. 시는 그의 유고 시집 「하늘과 바람과 별과 시」에 수록된 것으로 1938년 작품이다. 가을비는 시비에 새겨진 '시인 윤동주 기억과 화해의 비'(詩人 尹東柱 記憶と和解の碑)라는 글자를 또렷하게 읽고 있었다.

　감개무량할 뿐이다. 일본 땅에서 그의 시가 허공에서 빗줄기를 헤치며 울려 퍼졌을 상상만으로도 가슴 벅차다. 특히나 시비가 세워진 우지천 근처는 그가 생전에 '아리랑'을 불렀던 곳이라고 하니, 그때의 노래와 그의 작품 「새로운 길」이 서로 부둥켜안는 이미지로 다가오는 것은 나만의 감흥만은 아닐 것이다.

　교토는 윤동주 시인이 유학 생활을 했던 도시샤대학(同志社大學)이 있는 곳이다. 그리고 사진을 통해 그의 흔적을 찾아볼 수 있는 추억의 장소이기도 하다. 그날은 시인의 영혼이 살아 움직였으리라. 하염없이 내린 비는 그가 흘린 감격의 눈물이었을까. 슬픔의 눈물이었을까. 아니면 양자의 의미가 혼재된 것이었을까. 시비에 새겨진 시가 그의 마지막 숨결처럼 가슴으로 흘러들어와 파문을 일으킨다. 그날의 이 감동적인 낭송과 기념비 제막은 모든 이에게 뜻깊은 울림으로 기억될 것이다.

　윤동주 시인의 시비 제막식과 관련한 여러 기사를 접하면서 특히, 나는 다음의 점에서 한국의 독자뿐만 아니라 그의 시를 좋아하는 모든 세계인들과 함께 하고 싶다. 무엇보다, 윤동주 시인 탄생 100주년을 기념하기 위해 순수하게 그의 시를 사랑하는 일본인들의 뜻과 정성으로 결실을 맺게 되었다는 사실에 주목한다. 1945년 2월 후쿠오카(福岡) 형무소에서 한 많은 생을 마감한 지 72년의 시간이 흐른 시점이었다. 단지 시비 건립에 소요된 비용의 문제가 아니라, 그 제작에 참여한 그들의 숭고한 뜻을 높이 평가하지 않을 수 없기 때문이다.

또한 시비는 선뜻 그것을 세울 공간을 허락하지 않은 지자체를 설득하여, 무려 12년이란 시간의 공을 들인 노력의 땀방울이고 인고의 산물이라는 점에서도 의미가 남다르다. 이 시비는 단순히 '윤동주를 사랑하는 사람들의 모임' 그 이상의 값어치에 더하여, 시비에 새겨진 문구대로 '기억과 화해'의 정신이 담겨 있다는 뜻으로 해석해야 마땅하다.

그리하여 기존에 윤동주 시인의 시비가 있던 교토의 동지사대학 교내가 아닌 곳에 세워졌다는 점에서도 그의 시와 그의 정신이 일본인들에게 더 깊이 다가갈 수 있게 되었다. 이는 시비가 품고 있는 정신이 세계 평화를 갈구하는 사람들에게 민족과 국경을 넘어 중요한 메시지로 확산될 계기로 작용할 것이다.

우선적으로 이 시비에 흐르는 고귀한 뜻이 평행선처럼 느껴지는 작금의 한일관계에 밑거름으로 작용했으면 하는 바람을 가져본다. 시 「새로운 길」의 지향점도 평화로운 세상과 아름다운 사람을 꿈꾸는 바로 그런 길과 이어져 있다고 믿기 때문이다.

일본인은 한국인보다는 시를 즐겨 읽지 않는다. 그런 일본인들이 우리의 시인 윤동주를 그리워하고 사랑하는 것은 그의 시가 갖는 높은 가독성과 그의 시를 관통하는 맑은 영혼 때문일 것이다. 이미 일본의 어느

국어 교과서에는 그의 작품이 세 편이나 수록되어 있는 등, 일본에서는 윤동주 읽기가 계속될 것이다.

"우물 속에는 달이 밝고 구름이 흐르고 하늘이 펼치고 파아란 바람이 불고 가을이 있고 추억처럼 사나이가 있습니다"(시 「자화상」 일부)라고 노래했던 윤동주 시인. 그가 만일 교토에서 날아든 자신의 시비 제막식 소식을 들었다면, 과연 오랫동안 품어왔던 자신의 고독이나 슬픔이 조금이나마 풀렸을까 하는 궁금증이 글을 쓰는 내내 깊어가는 계절만큼이나 내 머릿속을 떠나지 않았다.

다음에 소개하는 「윤동주 생각-서촌에서」(시집 『사선은 둥근 생각을 품고 있다』에 수록)는 내가 윤동주 시인이 연세대 재학시절 하숙을 했다고 전해지는 서울의 서촌을 찾았을 때의 감상을 적은 시의 전문이다. 그때 본 서촌에는 유난히 별 모양 꽃이 많이 피어 있었다.

ㄱ, ㄴ, ㄷ, ㄹ……ㅏ, ㅑ, ㅓ, ㅕ……를 그리며 별들이 밤새도록 명료한
눈빛으로 이리저리 움직이다가 낳은 한 편의 시처럼

혹은,

수성동계곡의 물줄기가 밤마다 인왕산 꼭대기까지 오르며 별들에
게, 은하의 미아들로 지나가는 별들에게, 서촌에 핀 꽃과 산에 핀 꽃
을 모두 별꽃으로 만들어달라고 간청이라도 한 것처럼

아침이면 이 마을은 별꽃촌이라 부르고 싶을 만큼 유난히

별 모양 꽃이 많은데

어찌하여 낯선 하늘로 건너가

이별과 소멸과 슬픔의 유랑을 한 별은

꽃이 되지 못하였는지

우울해졌다.

-오석륜 「윤동주 생각-서촌에서」 전문

다시,
'김광석 다시 그리기 길'을 걷고 싶다

봄 햇살이 달구벌의 중심부를 가로질러 흐르는 신천(新川)의 겨울을 완전히 밀어내고 있었다. '달구벌(達句伐)'은 대구의 신라시대 때의 이름으로 지금도 대구를 나타내는 지명으로 통용된다. 봄바람도 강을 맴돌다가 수성교로 올라와 방천시장 쪽에 이르러서는 훈풍으로 속삭였다. 지금은 고인이 되었지만 '바람이 불어오는 곳'이라는 노래를 부르던 가수 김광석(1964-1996)의 휘파람 소리가 들려오는 듯한 착각에 빠지게 했다.

대구광역시 중구 대봉동 방천시장. 내가 그곳에 위치한 '김광석 다시 그리기 길'을 찾은 것은 2018년 3월 중순의 어느 일요일 낮이었다. 이곳은 그가 태어나고 어린 시절을 보낸 곳이라는 인연으로 조성된 골목길이다.

초·중·고를 대구에서 다닌 내가 다시 이곳 방천시장을 찾은 것은 무려 37년만의 일이었다. 방천시장 안에 친척집이 있어서 가끔씩 이곳에 들렀기에 그때의 추억과 기억을 떠올리고 싶기도 했지만, 무엇보다 가수 김광석의 체취를 느끼고 싶었기 때문. 그날도 적지 않은 사람들이 그곳을 찾고 있었다. '김광석 다시 그리기 길'에는 우리들의 귀에 익숙한 그의 노래가 흘러나오고 있었고, 동상을 비롯한 고인의 갖가지 모습을 그린 그림과 글이 세상에 남겨진 그의 흔적과 함께 나를 맞이해주고 있었다. 여기저기에서 사진도 찍고, 시장 안에 있는 식당에서 점심도 먹으며 행복한 시간을 가졌다.

노래는 삶에 지친 우리에게 안식처와 같은 역할을 하는 예술의 한 장르다. 우리의 감성이 노래와 만나면 적지 않은 행복감에 젖어든다. 그것은 누구라도 부정할 수 없는 노래가 갖는 중요한 기능의 하나일 것이다. 특히 대중가요는 그 가사가 우리가 살아가면서 느끼는 기쁨과 슬픔을 에둘러 표현하지 않는다는 점에서 가장 접근성이 수월한 장점을 가진다. 청각을 통해 바로 받아들인 가사와 곡이 쉽게 우리의 가슴에 자리 잡는다는 뜻이다.

특히 김광석의 노래는, 서정성 높은 아름다운 가사를 누구라도 편하게 따라 부를 수 있다는 점에서 우리들에게 주는 행복감은 남다르다. 지금도 아니 앞으로도 그의 노래는 사람들에게 여전히 아름다운 가사와 함께 영원히 불릴 것이다. 비록 슬픈 가사를 담은 노래가 많이 있기는 하지만, 슬픈 가사라도 나름대로의 매력으로 삶에 지친 우리들의 영혼을 치유하는 데 적지 않은 기여를 한다. 그냥 편하게 이야기처럼 들려주는 것만으로도, 이별을 담담하게 삶의 한 단면으로 끄집어내서 같이 슬퍼해주는 것만으로도, 우리의 마음은 위로를 받는 것이다. 그것이 대중가수 김광석, '노래하는 철학자' 김광석이 지금까지 우리들에게 회자되는 중요한 이유다.

그런 의미에서 '그날들', '사랑했지만', '두 바퀴로 가는 자동차', '나의 노래', '거리에서', '이등병의 편지', '너무 아픈 사랑은 사랑이 아니었음을', '서른 즈음에', '바람이 불어오는 곳', '어느 60대 노부부의 이야기' 등, 주옥같은 노래들은 시간이 흘러도 오랜 생명력을 가지는 명품으로 자리 잡을 것이 분명하다.

그날 본 '김광석 다시 그리기 길'은 그리 넓지도 않고 그리 크지도 않은 공간일 수도 있다. 규모는 폭 3.5미터에 길이 350미터 정도라고 한다. 그다지 화려하지도 않다. 다른 관광지와 비교하면 오히려 수수한 느낌이다. 보통 속도의 걸음으로 구경하고, '김광석 다시 그리기 길' 옆에 위치한 '김광석 스토리하우스'까지 둘러본다고 해도, 두어 시간 정도면 충분하다. 그러나 이런 점이 더 매력인지도, 더 정감을 불러일으키는지도 모른다. '김광석'이라는 대중가수의 삶과 우리의 옛 정서를 추억하게 하는 골목길 풍경이 어우러졌기에, '한국 대표 관광지 100곳'에 선정되었을 것이라는 생각을 해본다.

다만, 이 거리를 걸으며 아쉽게 생각하는 것이 있었다. 그것은 기존의 방천시장과의 조화다. 이곳이 이제는 분명 대구의 명소, 한국을 대표하는 문화유산으로 자리매김하고 있기에 더 더욱 그런 생각이 들었다. 방천시장은 해방 이후 생긴 70년이 넘는 전통의 재래시장이다. 대구를 대표하는 서문지장과 함께 대구의 중심부에 위치하고 있지만, '김광석 다시 그리기 길'로 그 위상과 그 역할이 밀려난 듯한 느낌이 드는 것은 나만이 아니리라. 그날 나와 동행했던 대구 토박이들의 걱정 어린 조언도 그런 맥락과 동일하다. 유명한 대중가수의 삶과 그 유산이 전통시장과 어울리는 아름다운 공존을 기대해본다. 유형, 무형의 정신적 유산은 그 나라의 문화 자산에 중요한 뿌리가 된다는 것을 잊지 말아야 할 것이다. 최근에 와서는 경기침체로 어려움을 겪는 전통시장에 활기를 불어넣기 위해 지자체가 다양한 노력을 기울이고 있다는 소식도 들린다.

그래서일까. 2020년 초에 대구매일신문에서 접한 '김광석 길 방문객 급감'이라는 보도는 무척이나 안타깝다. 김광석이 가진 감성은 사라지고 가게만 즐비하다는 뼈아픈 지적이다. 두고두고 마음에 남아돈다. '김광석'은 묻히고 프랜차이즈 카페·음식점만 우후죽순처럼 생겼다는 사실과 함께, 치솟는 임대료, 그리고 연구용역을 했지만 제시된 방안은 실현되지는 않아서, "김광석 길과 방천시장은 장소의 DNA를 찾아 브랜딩해야 한다"는 목소리가 제법 호소력 있게 들렸다. '코로나 19'로 특히 가슴 아픈 시련을 겪어야 했던 대구에도 '김광석 길'에도 예전처럼 활기가 넘쳤으면 좋겠다. 다시 그곳을 찾아 전통시장과 문화가 조화를 이룬 건강하고 멋진 풍경을 보고 싶다.

'동행同行'을 생각하는 계절에

심한 부상을 당하고 제때 먹지도 못하여

무리를 따라가지 못하는

새끼 사자가 절뚝거리고 있다.

이제 곧 그의 죽음이

텔레비전 화면을 가득 채울 것이라는

예감으로 다가오고 있을 때,

형제인 듯한 또 다른 새끼 사자 한 마리가

가던 길을 멈추고 한참동안

그를 기다려준다.

살아남을 자만 데리고 가겠다는

어미 사자의 판단력도 허물어졌는지

그의 가족과 더불어

그를 기다려주는 동안

죽음의 피를 보지 않았다는 안도감으로 물드는

아프리카의 노을,

대초원을 붉게 달구고 있다.

-오석륜 「동행」 전문

　졸시 「동행」이다. 내가 좋아하는 프로그램 중의 하나인 KBS에서 방영되는 '동물의 왕국'에서 시의 소재를 얻었다. 나는 이와 유사한 프로그램 등도 즐겨 보고 있는데, 종종 시선을 빼앗긴다. 약육강식의 법칙이 적용되는 동물의 세계에서 벌어지는 갖가지 현상들은 나 자신의 삶뿐만 아니라 우리 인간의 삶을 되돌아보게 한다. 그렇게 연출되는 장면으로 감동을 받기도 하고 때로는 반성을 불러일으키기도 하여, 그 재미가 제법 쏠쏠하다. 마침 내가 본 그날의 TV프로그램에서도 죽음을 맞이해야 할 새끼 사자의 운명이 '동행'으로 이어지는 가슴 뭉클한 반전을 볼 수 있었다. 살아남을 자만 데리고 가는 어미 사자가 자신의 판단력을 무너뜨리고, 심하게 다친 새끼 사자를 데리고 가는 그 장면은 붉어진 노을만큼이나 뜨겁고 강렬했다. 마치 뇌에 선명한 무늬 하나가 새겨지는 듯했다. 이 졸작은 시집 『파문의 그늘』(2018)에 실린 것이다.

　동행. 동행. 동행. 이렇게 몇 번의 독백만으로도 따뜻해지지 않는가. 추운 계절을 실감하게 하는 겨울바람 앞에서 당당하게 맞설 수 있는 온기가 우리들 가슴 속으로 파고드는 것 같지 않은가. 인류가 만들어 놓은 수많은 단어 중에서 '동행'이 갖는 의미는 더불어 살아가라는 조물주의 명령이고 인류의 중요한 생존방식의 하나로 해석되기도 한다. '동행'이란 말 속에는, '같이 길을 걸어가는 것', '같이 길을 걸어가는 사람'이라는 사전적 의미보다 더 큰 메시지가 숨 쉬고 있는 것이다. 그것은 아마 연말이 다가오기 때문에 더 큰 울림으로 다가오는지도 모른다. 또 한 해가 저물어가고 있다. 굳이 세상 밖으로 눈을 돌리지 않더라도 우리의 일상에서 벌어지는 좋지 못한 일들이 '동행'의 의미를 훼손하고 있다.

잠깐 몇 가지 통계를 들여다보자. 먼저, 2018년 한 해 동안 가정의 보살핌을 받지 못해 국가나 사회단체 등이 보호한 아이가 무려 4,538명이나 되었다고 한다. 이는 신규로 발생한 보호대상 아동에 대해 보호조치를 행하고 있는 지자체에서 작성한 자료를 근거로 한 것이다. 그 자료를 좀 더 자세히 들여다보면, 보호조치의 발생 원인이 아동학대(1416명), 부모 이혼(737명), 비혼 부모·혼외자(623명), 유기(320명) 등의 순서로 나와 있다. 2015년의 같은 자료는 4,503명이었다. 무엇보다 이 자료가 주는 아픔은 아동학대와 함께 아동양육시설에 살고 있는 아이들의 대부분이 고아가 아닌 부모가 있는 상태에서 이혼 등의 이유로 버려진다는 사실. 가정의 해체가 가속화되고 있다는 방증과 함께 무책임한 어른의 양산이 빚어낸 슬픈 현실이다. 이러한 사회적 현상에서 '동행'은 참으로 요원한 얘기로 들릴 수밖에 없다.

더하여, 버려지거나 잃어버리는 반려동물의 수가 한해 12만 마리를 넘어섰다는 자료도 우리를 우울하게 한다. 이는 농림축산검역본부가 2018년 말을 기준으로 전국의 동물등록, 유실·유기동물 구조·보호, 동물영업 현황 등을 집계한 '2018년 반려동물 보호와 복지관리 실태'에 보고된 것이다. 반려동물의 수가 증가하는 현실과 비례해 유기·유실되는 동물 수도 매년 증가하고 있는 셈이다. 안타깝게도 이는 관련 통계를 집계한 이래 최대 기록이라고 한다. 이런 통계를 접하는 우리는 과연 무엇을 생각해야 할까. 진지한 반성 없는 인간의 무책임함이 동장군보다 더 싸늘하다.

이와 함께 2045년이 되면 한국은 노인 비중이 세계에서 최고라는 자료도 우리 앞에 놓여 있다. 그야말로 세계에서 가장 빠르게 고령화의 길로 가고 있는 것이다. 고령인구비중이 일본보다 높아져, 2067년에는 인구의 46.5%가 노인이 될 것이라고 한다. 이는 2019년 9월 '연합뉴스'가 통계청 자료를 바탕으로 보도한 내용이다. '노년의 삶의 질'도 우리가 살펴야 할 '동행'에서는 빠트릴 수 없는 중요한 키워드의 하나임이 분명하다.

하나 더. 한국은 사실상 세계 유일의 '출산율 0명대' 국가가 되었다. 2019년 0.88명으로 한국의 합계출산율은 출생통계 작성(1970년) 이래 최저치를 기록했다. 출산율을 올리기 위해 무려 10년간 100조원이라는 예산을 퍼부었지만, 여성이 가임기간(15~49세)에 낳을 것으로 기대되는 평균 출생아 수가 한 명도 되지 않았다. 이는 우리에게는 미래와의 '동행'을 어둡게 하는 어두운 그림자로 작용할 것이다. 획기적인 대책이 수립되지 않으면 안 되는 절체절명의 위기다. 국가존립의 문제로 인식하지 않으면 안 된다.

요즘 내 친구가 밴드에 자주 올리는 단어의 하나도 '동행'이다. 그는 '동행'을 "우리는 같이 있어 가치 있다"고 표현한다. 그 얼마나 아름다운 문장인가. 그렇게 새겨진 사진을 수시로 올린다. 삶이 지향하는 가치에 온기를 불어넣는 '동행'의 계절이 되었으면 좋겠다.

이제 곧 한 해의 마지막을 알리고 새해를 맞이하는 종소리가 세상 구석구석으로 스며들 것이다. 종소리는 다음 종소리가 이어질 때까지 절대로 자신의 호흡을 잃어버리지 않는 법. 종소리에도 '동행'의 기운이 살아 있는 것이다. 그 종소리가 마치 우리 인간에게 '동행'의 의미를 가르쳐주는 듯한 울림, 우리는 지금 그 울림이 깊어지는 계절을 지나가고 있다.

아, 마광수

마광수 교수(1951-2017)가 세상을 뜬 것이 2017년 9월 5일이니 벌써 4년이 되어간다. 그가 이 세상에 살다간 삶은 66년간. 그를 둘러싼 담론은 사후에도 간간이 펼쳐지고 있다. 그의 죽음과 그가 살았던 삶은 여전히 이 사회에 일정한 체온을 유지하며 식지 않는 느낌이다.

먼저 그를 잠깐 소개하자. 1951년생이다. 서울에서 태어나 대광고등학교를 거쳐 연세대 국문과와 동대학원을 나왔다. 그의 박사학위 논문은 「윤동주 연구」. 스물여덟에 홍익대학교에서 교수 생활을 시작하였으며, 그 후 1984년부터 모교인 연세대학교로 자리를 옮겼다. 1989년 펴낸 에세이집 『나는 야한 여자가 좋다』로 대중에게 이름을 알리기 시작했고, 1992년 여대생이 성 경험을 통해 정체성을 찾아간다는 내용의 소설 『즐거운 사라』를 내놓았지만, 외설 논란 끝에 구속되었다. 두 달 동안 수감생활을 한 것은 이때다. 1995년 최종심에서 유죄가 확정돼 강단에서 해임되었지만 1998년에 복직했다. 그러나 다시 2000년 재임용심사에서 탈락했다. 사면이 된 것은 3년 뒤의 일. 굴곡이 많았던 교수생활이었지만, 2016년 8월에 연세대 교수로 정년퇴임한다. 문학적 성과는 1977년 박두진 시인의 추천으로 현대문학으로 등단한 이후, 시인, 소설가, 평론가, 수필가 등 다양한 장르에서 활동했다. 『윤동주 연구』, 『시 창작론』, 『마광수 문학론집』, 『즐거운 사라』 등, 모두 70여 권의 저서를 출간했다.

당시, 그가 세상을 마감하고 나서 나온 이런저런 표현들을 되짚어 보자. "문학 현실 한탄하던 천생 소설가", "내가 오해했던 그 남자, 마광수", "욕망과 자유를 아는 자를 찾아라" 등이 기억으로 소환된다. 언론 매체에서 마광수의 문학적 속살과 그의 삶을 연결 짓는 글들이 잇달아 나왔던 기억이 생생하다. 타계 후 그의 관련 도서가 1,000권 넘게 판매되고 『즐거운 사라』 등, 일부 희귀본 책값이 7~10배 뛰기도 하여, 새 출간이 불투명해진 마광수 교수의 저작이 '추모 독서로 품귀현상이 일어나는가' 하는 기사도 있었다.

당시의 고조된 사회적 관심은 이제는 문학인들에 의해서 간혹 그를 성찰하는 문장으로 이어지고 있는데, 최근의 마광수 교수와 관련된 저작을 보면, 장석주 시인과 송희복 문학평론가가 엮은 『마광수 시대를 성찰하다』(글과 마음, 2019)가 눈에 띈다. 여덟 명의 저자들이 각각의 주제의식을 바탕으로 여러 방면에서 마광수 문학의 전모를 조명한 책이다. 또한, 문학평론가인 유성호 교수의 에세이 『단정한 기억』(교유서가, 2019)에서도 마광수 교수의 삶과 작품을 아우르는 글이 읽힌다.

혹여, 이 글을 읽는 독자들이 왜 지금, 마광수 교수를 추억하는가, 할지도 모르겠다. 4년 전, 그의 죽음과 관련된 글의 대부분은 애도하는 성격이 짙었다. 또한, 그에 대한 편견이 지나쳤다는 의견이 주된 흐름을 차지했다. 물론, 나도 그런 애도의 글에 상당 부분 의견을 같이하기에, 다시 그를 추억하고자 하는 마음에서 이 글을 쓰고 있는지도 모른다. 그러나 분명한 것은 나는 그의 문학 외적인 삶에 대한 세상 사람들의 판단도 필요하다는 생각이 들어, 감히 그를 다시 불러들이기로 한 것이다.

마광수는 시인이며 소설가고 평론가 이전에 교수였고 한 사람의 자연인이었다. 문학적 논쟁은 차치하더라도 교수로서의 삶과 자연인으로서의 삶을 들여다보았으면 좋겠다는 뜻이다. 그것은 곧, 우리 사회가 그에게 자살을 선택하게 할 만큼 그에게 중대한 과오가 있었고, 결정적 하자가 있었는지에 대한 인간적 접근이 필요하다는 생각이 들기 때문이다. 이글의 출발점은 바로 거기에 있다. 명사의 죽음, 유명인의 죽음도 때로는 보편의 시각에서 들여다볼 줄 알아야 세상은 공정한 것이다.

마광수, 어쩌면 그는 살아가면서 이승과 저승의 경계보다 예술과 외설의 경계를 더 무서워했고, 그보다 더 무서워했던 것은 문학을 떠나 사람과 사람의 경계였을지도 모른다. 짐작컨대, 마광수를 괴롭히고 그의 곁을 맴돌았던 '우울증의 바람'은 무척이나 혹독했을 것이다. 그의 죽음으로 우울증이 멈추고 난 후, 그의 지인들과 제자들이 그때 세상에 던진 메시지는 앞으로 이 사회가 고민하고 해결해야 할 과제로 기억해야 할 것이다. 특히, 다시 기억하고 싶은 말을 인용해 볼까 한다.

"위선과 가식으로 오염된 세상과 끝까지 타협하지 않고 싸우다 꺾

여버린 인문학적 지성의 정수이신 그분을 기억할 뿐입니다." 이것은 2017년 당시 연세대학교 동창회 밴드에 올라온 어느 연세대학교 졸업생의 글이다. 우리에게 주는 의미는 무엇일까. 여전히 그의 죽음을 둘러싼 인식을 제대로 함축하고 있는 문장으로 읽힌다. 적어도 그는 인간적으로는 지탄받을 인격은 아니었다는 사실에 접근하게 해준다. 안타깝게도 그와 나는 아무런 문학적 인연도 학문적 인연도 없어서 그를 한번도 만난 적이 없다. 그래서 그에 대한 인품을 잘 알지 못한다.

그러나 그의 강의를 둘러싼 담론과 한 인간으로서의 인간성에 관한 글들은 부정적인 것보다는 유효하고 긍정적이었다는 쪽으로 기울고 있었다. 말하자면, 교수로서의 강의와 학생들을 대하는 태도와 양심에는 문제가 없는 사람이었던 것이다. 그것을 기억한다는 것은 매우 중요하다. 제자들에게 마음에 담을 만한 스승이 된다는 것, 그 자체는 교수로서 중요한 덕목 중의 하나다. 왜냐하면 그런 스승이 된다는 것도 결코 쉬운 일이 아니기 때문이다.

비록 그가 문인으로서 뛰어난 문학적 업적에 도달하지 않았고, 외설 시비의 중심에 섰다고 하더라도, 우리 사회가 그에게 죽음을 강요했다는 사실 만큼은 용납될 수 없는 문제다. 자살은 얼마나 고통스런 선택인가. 보다 중요한 사실은 누군가에게 자살을 부추기는 사회적 분위기는 절대 안 된다는 것이다. 사람은 누구나 흠결이 있게 마련이다. 그래서 사람이다. 그가 가진 문학의 세계도 넓게 보면 다양성의 범주에 속한 하나일 뿐이다. 성숙되지 못한 우리의 편견이 그를 죽음으로 몰아갔다는 역사는 기록될 것이다. 더불어 왜 우리는 그의 문학 외적인 삶에는 관심을 갖지 못했을까 하는 점은 두고두고 가슴 아픈 일이 아닐 수 없다.

그가 이승에서 마지막 숨을 쉰 9월은 서서히 단풍이 물들어가는 계절. 마광수, 그의 이름도 문득, 문득, 우리들의 가슴을 물들이기 위해 찾아올지도 모른다. 그가 '사라'를 잃어버렸을지는 몰라도, 그래도 우리에게 '윤동주'라는 시인을 다시 되새기게 하는 선물을 주고 갔다. "윤동주는 주석 없이도 누구나 알 수 있게 쉽게 시를 썼소. 문학이 결국 소통 아닌가."라는 그의 언급은 우리가 곱씹어봐야 할 말로 영원히 유효할 것이다. 마치 유언처럼 들린다. 가을이 되면, 우리나라 방방곡곡에 물들 단풍에 윤동주의 시집 제목처럼, '하늘과 바람과 별과 시'가 내려앉을 것이다. 마광수도 '하늘과 바람과 별과 시'가 되어 우리의 곁을 맴돌 것이다.

마광수 교수님, 마광수 형님, 부디 저 세상에서는 염라대왕의 문학선생이 되어 영원불멸의 삶을 누리소서.

교토京都에서
정지용과 윤동주의 시를
만나고 돌아와서

늦가을이었다. 2019년 11월 중순의 어느 날, 내가 일본 교토의 도시샤대학(同志社大學) 교정을 찾았을 때는 단풍과 은행잎이 자신들의 마지막 색깔을 물들이기 위해 만추의 햇살을 즐기고 있었다. 햇살은 이윽고 불과 4, 5미터를 사이에 두고 교정에 나란히 세워진 정지용 시비와 윤동주 시비의 주옥같은 작품을 파고들었다. 시어 하나하나를 읽고 있는 듯했다. 시를 다시 소리 내어 읽고 싶어졌다.

鴨川 十里ㅅ벌에
해는 저믈어…… 저믈어……
날이 날마다 님 보내기
목이 자졌다…… 여울 물소리……
찬 모래알 쥐여 짜는 찬 사람의 마음,
쥐여 짜라. 바시여라. 시언치도 않어라.
역구풀 욱어진 보금자리

뜸북이 홀어멈 울음 울고,

제비 한쌍 떠ㅅ다,

비마지 춤을 추어.

수박 냄새 품어오는 저녁 물바람.

오랑쥬 껍질 씹는 젊은 나그내의 시름.

鴨川 十里ㅅ벌에 해가 저믈어…… 저믈어……

-정지용의 「압천(鴨川)」 전문

죽는 날까지 하늘을 우러러

한점 부끄럼이 없기를

잎새에 이는 바람에도

나는 괴로워했다.

별을 노래하는 마음으로

모든 죽어가는 것을 사랑해야지

그리고 나한테 주어진 길을

걸어가야겠다.

오늘밤에도 별이 바람에 스치운다.

-윤동주의 「서시」 전문

앞의 시는 정지용(1902-1950) 시비에 새겨진 「압천」 전문이고, 뒤의 시
는 윤동주(1917-1945) 시비에 새겨진 「서시」 전문이다. 윤동주 시비는 시

인이 영면에 들어간 해로부터 50주기가 되던 1995년에, 정지용 시비는 2005년에, 각각 세워졌다.

압천의 '압(鴨)'은 '오리'를 나타내는 한자어고, '천(川)'은 '내'를 뜻하는 글자니, 압천은 '오리가 노니는 내'라는 의미로 받아들일 수 있을 듯. 잠시 그곳에 펼쳐지는 풍경이 그림처럼 그려진다. 일본어 발음은 '카모가와(かもがわ)'다. 카모는 '오리', 카와는 '내'다. (그러나 우리나라가 정한 외국어표기법의 원칙에 따라 지금부터는 '가모가와'라고 표기하겠다.) 아쉽게도 그날 내가 본 가모가와에는 오리가 보이지 않았고, 작품에서처럼 십리나 되는 (실제로는 약23킬로미터) 물줄기만이 교토 시내를 관통하고 있었다. 내는 그리 깊어 보이지 않았다. 정지용이 이곳 교토에 유학했던 시기는 1923년에서 1929년. 당시 20대 청년이었던 정지용은 일제강점의 슬픈 역사를 가슴속에 품은 채 적지 않은 시간 이곳에 머물렀다. 그렇게 바라본 가모가와가 젊은 정지용에게는 낯선 타국의 작은 강이었겠지만, 전체적인 시적 분위기를 감안하면 작품 「압천」에는 그만의 애상감 같은 것이 배어 있다. "목이 자졌다", "찬 모래알 쥐여 짜는 찬 사람의 마음,", "쥐여 짜라. 바시여라. 시언치도 않어라.", "역구풀 욱어진 보금자리", "오랑쥬 껍질 씹는 젊은 나그내의 시름."은 화자의 그러한 심정과 호응하고 있는 표현들이다.

그때 정지용이 바라본, 해가 저물어가는 가모가와를, 나는 100년이 가까워지고 있는 지금의 시점에서 다시 보고 그 당시의 정취를 느끼고 싶었지만, 일정상 서둘러 길을 떠났다. 가모가와에 깃들어 있는 정서와 우수는 다음을 기약할 수밖에 없었다.

윤동주의 서시는 우리나라 사람 누구에게나 친숙한 시다. 정지용이 서문을 썼다고 알려진 그의 유고 시집 『하늘과 바람과 별과 시』(1948)의 서두에 붙여진 작품이다. 역시 일제강점기를 살아가는 젊은 지식인 윤동주가 암울한 현실과 괴로움을 견뎌내며 순수한 삶을 살고자 다짐하는 의지가 읽힌다.

최근에는 이러한 시인의 맑은 영혼을 기리는 일본인들도 많아져서, 2017년 10월에는 역시 교토 우지시(宇治市) 시쓰카와(志津川)의 우지강(宇治川) 강변에서 윤동주 시인의 시비 제막식이 있었다. 시비에는 "내를 건너서 숲으로/ 고개를 넘어서 마을로// 어제도 가고 오늘도 갈/ 나의 길 새로운 길// 민들레가 피고 까치가 날고/ 아가씨가 지나고 바람이 일고// 나의 길은 언제나 새로운 길/ 오늘도 내일도/ 내를 건너서 숲으로/ 고개를 넘어서 마을로"라고 노래했던 「새로운 길」이라는 작품의 전문이 새겨졌다.

정지용, 윤동주, 두 시인의 시비가 교토의 대학에 세워져 있을 뿐만 아니라, 윤동주 시인의 시비는 일반인들이 찾는 곳에도 자리 잡고 있다. 이는 민간인들 사이에는 평화를 희망하고 갈구하며, 문화를 사랑하는 따뜻한 마음이 흐르고 있다는 뜻이다. 이런 정신이 두 나라 국민 사이에도 강처럼 오랫동안 흘렀으면 좋겠다는 생각이 이 글을 쓰는 내내 내 머릿속을 떠나지 않았다.

다음 소개하는 「교토 가모가와(京都 鴨川)에서」(시집 『사선은 둥근 생각을 품고 있다』에 수록)는 내가 2019년 늦가을에 가모가와를 찾았을 때의 감회를 바탕으로 쓴 시의 전문이다. 2020년 6월 정지용 시인의 고향에서 발행하는 「옥천향수신문」에 실었다.

벌써 백 년 가까운 시간이 흘렀건만
정지용 시인을 기억하는 강가의 오랜 가옥들은
가모가와(鴨川)에 겨우 정취를 허락하는 빛바랜 그림자만 내어놓고
백 년 전 흑백사진 같은 그 그림자를 담아낼 물소리마저 희미하여
그때의 시름처럼 목이 자져 있었다.
여전히 풍경으로 보면 나그네가 정을 붙일 수가 없는
허허로운 진행형.

애초부터 거창하게 강물소리 하나만으로 이 고도(古都)를 지배하겠다는
꿈은 없었던 것일까.
물의 행로는 발을 더듬거리며 디디는 저속(低速)에 익숙해 있을 뿐이다.
강물이 뒤따라오는 강물의 손목을 힘겹게 잡아당기는 동안에도
걸림돌로 버티고 있는 듯한 조약돌,
견고한 쓸쓸함으로 자져 있기는 마찬가지.
군데군데 누런 살갗을 드러낸 모랫벌도
터줏대감처럼 책상다리를 하고 있었다.

이 자진 강으로,

십릿벌 가모가와로,

오리 떼가 날아들지도 모른다 싶어 이리저리 살피지만

강물에다 빛으로 발목을 적시려는 만추의 햇살만 허다하고

오랫동안 피었다가 지기를 되풀이했을 강변 갈대들의 목을 붙잡은 채

한여름 수박 속살 빛깔로 스며드는 가모가와의 석양 아래서

나는 연신 물을 들이켜고 있었지만

밀려드는 그리움은 어찌할 수가 없었다.

-오석륜 「교토 가모가와(京都 鴨川)에서」 전문

악필에 대한 단상斷想

언젠가 사회생활을 하고 있는 제자에게서 휴대전화로 사진을 받은 적이 있었다. 그 사진에는 한자(漢字)가 한 글자 찍혀 있었다. 더불어 그 한자가 무슨 자(字)인지 가르쳐달라는 내용도 적혀 있었다. 한자는 달필에 가까웠다. 평소 웬만한 한자는 읽어낼 수 있다고 생각한 나였지만, 그 한자는 아무리 봐도 읽어내기가 쉽지 않았다. 휘갈겨 쓴 한자였기 때문이다. 그 한자는 결혼식장에서 축의금으로 받은 봉투의 겉면에 쓰인 것으로, 이름의 한 글자였다. 나는 다시 내 주위의 한자에 해박한 전문가 몇 명에게 그 사진을 보내 한자를 해독해 달라는 부탁을 하였다. 그 전문가에는 한학을 공부한 사람, 중국어문학 전공자도 포함되어 있었다. 결과는, 선뜻 그 한자가 무슨 자라고 자신 있게 대답하는 사람이 없었다는 것.

이럴 경우, 어떻게 받아들여야 할까. 야속한 표현인지 모르겠지만, 쓰인 한자가 아무리 달필에 가까워도 전문가도 읽어낼 수 없을 정도라면 악필과 동일한 값어치를 가지지 않을까. 양쪽 다 읽어내기가 쉽지 않다는 점에서 그러하다. 그렇지 않아도 일부의 사람들을 중심으로 한자에 대한 거부감이 확산되고 있는 현실을 감안하면, 이런 글자를 써서 유통시킨다는 것은 본인의 의사와 무관하게 한자에 대한 기피를 더 부채질하는 결과를 초래할 것이다.

오해 없길 바란다. 나는 일상생활에서의 한자 사용에 대해 반대론자는 아니다. 만일 저렇게 한자를 휘갈겨 쓰는 사람에게 역시 읽기가 쉽지 않게 쓴 한글을 보여준다면, 그 반응은 어떨까. 분명 거부감이 찾아올 것이다. 나는 직업상 매학기 중간고사와 기말고사가 끝나면, 한글과 한자가 동시에 쓰인 시험지를 채점한다. 드물기는 하지만 읽기 어려울 정도로 쓴 한글과 한자를 만나서 당황해 하는 경우가 있다. 난감할 수밖에 없다. 점수 부여가 쉽지 않다. 물론 악필인 학생에게는 나중에 별도로 주의를 주고, 역으로 글자를 예쁘고 바르게 쓰는 학생에게는 칭찬을 해준다. 그것이 어느 정도는 악필을 방지하는 효과가 있다고 본다. 나는 똑같은 방식을 적용하여, 악필에 가까운 어린 자식들의 글씨를 호되게 질타한 적이 있다. 그 결과 지금은 전혀 거부감 없는 글씨, 예쁜 글씨가 되었다.

즉, 한자를 쓰건 한글을 쓰건 최소한 알아볼 수 있게 쓰자는 것이다. 문자는 소통의 중요한 수단의 하나다. 만일 그 기능을 상실한다면 문자로서의 기능이 없어질 것이다. 최소한 소통의 역할을 해주어야 한다. 특히 한자쓰기를 즐겨 하는 사람일수록 더 유념해야 한다. 나 역시, 흑판에 한자를 판서할 경우에는 정자에 가깝게 쓰려고 노력한다. 그렇지 않

으면 한자를 읽기 어렵다는 불만이 들어올 수 있고, 제대로 의미 전달을
하지 못하는 경우도 발생하기 때문이다.

악필의 경우는 여러 가지 원인이 있을 수 있겠지만, 선천적인 악필
보다는 후천적인 요인이 더 크리라 생각된다. 어릴 때부터 필기구를 잡
는 습관이 잘못 들여져 고착화된 경우가 그러할 것이다. 또한 손으로 글
씨 쓰는 일이 점점 줄어들고 있는 세태 역시 악필에 일조하고 있는지도
모른다. 우리는 지금 컴퓨터 자판으로 쓰고, 휴대전화나 카카오톡의 문
자로 대신해도 불편하지 않는 세상을 살아가고 있지 않은가. 극단적으
로 얘기하면, 연인끼리도 글씨체를 모를 수 있다. 손 글씨를 쓰는 시간
이 많아질수록 악필은 줄어들지 않을까. 손 글씨가 뇌 훈련에도 좋다는
것은 과학적으로 증명된 것이니, 제대로 된 필사본으로 시간을 갖고 노
력하면 악필도 얼마든지 교정할 수 있을 것이다.

'신언서판(身言書判)'이라고 했다. 이는 중국 당나라 때 관리를 등용하
는 시험에서 인물평가의 기준으로 삼았던 말이다. '몸, 말씨, 글씨, 판단'
의 네 가지를 가리킨다. 이중, 글씨(書)는 그 사람의 됨됨이를 말해 주는
것이라 하여 인물을 평가하는 중요한 잣대의 하나로 삼았다. 컴퓨터가
일상화되기 전에는 직장에서 구인광고를 낼 때 자필이력서를 요구하던
시절이 있었음을 상기해 볼 필요가 있다. 심지어는 글씨를 잘 써서 합격
했다는 이야기도 있었다. 그것은 누군가를 뽑아야하는 면접관이 다수
의 면접대상자 중에서 누구를 선택해야할지 고민을 해야 하는 상황에

부딪쳤을 때, 혹여 그들의 능력이나 조건이 비슷한 경우라면, 글씨를 잘 쓰는 사람의 손을 들어주었을 것. 그런 정도의 추측을 해 볼 수 있다는 의미다. 그럴 경우, 서(書)는 결과적으로는 결정적인 장점으로 작용한 셈이다.

분명히 하자. 글씨를 쓸 때 남이 알아보기 힘들 정도의 악필은 안 된다는 것. 중요한 소통의 수단인 문자가 왜 남에게 소통을 방해하는 요소가 되어야 하는가. 한자도 한글도 상대의 가슴에 얼마든지 아름다운 무늬를 남길 수 있다. 그렇게 될 때 문자는 단순히 글자의 개념을 넘어서 문화가 되기도 하고 예술이 되기도 한다.

여러분은 '캘리그라피(calligraphy)' 혹은 '캘리그래피'를 알고 있을 것이다. 예술로 정착한지 오래고, 이를 바탕으로 전문적인 직업인도 등장하였다. 누구나 다 알고 있는 사실이다. '캘리그라피'는 '손으로 그린 문자'라는 뜻. 글씨나 글자를 아름답게 쓰는 기술이다. 좁게는 '서예(書藝)'를 이르고 넓게는 활자 이외의 모든 '서체(書體)'를 이르는 말이다.

어떤 이는 지금 왜 글씨 타령인가 할지 모르겠다. 손으로 정성스럽게 글씨를 쓰는 습관을 들이자. 거기에 더하여 사랑하는 사람에게 마음을 담은 손 편지를 쓰는 시간도 가지자. 그렇게 하면 세상도 그만큼 더 아름답게 보이지 않을까 하는 생각을 해본다. 살다 보면, 글씨가 사랑의 매개체가 될 수도 있지 않겠는가.

당신은 자신만의 독서 습관을
갖고 있습니까

'나는 어떤 독서 습관을 갖고 있을까.' 그리고 '그런 습관으로 나는 행복한가.' 잠깐, 짬을 내어 이 질문에 자문자답해보는 시간을 가져보자. 지금은 초여름의 녹음이 싱싱한 언어를 쏟아내는 계절이지만, 여전히 세상은 어수선하다. 코로나 바이러스와 그로 인한 정신적, 물질적 피폐가 우리를 지배하는 삶이 계속되고 있다.

서두에서 이런 질문을 던지면서 이 글을 시작한 까닭은 이럴수록 자신의 행복감을 찾는 노력이 절실하기 때문이다. 이 계절, 이 어려움을 헤쳐 나갈 건강한 습관이 있어야 한다. 건강한 습관 혹은 좋은 습관은 자신의 매력과 장점을 배가시켜주는 중요한 인자다. 그것은 곧 행복감으로 이어지는 능력을 발휘할 것이다.

그래서 나는 묻는다. 나 자신에게 그리고 당신에게, '어떤 독서 습관을 갖고 있냐'고. 물론 이 질문의 근원에는 우리들의 일상은 당분간 이른바 '사회적 거리두기'가 지속될 가능성이 높을 것이라는 전제가 깔려 있다. 상대적으로 외부 활동의 제한에서 오는 정신적 피로는 의외로 클 수밖에 없다. 그래서 제안한다. 독서다. 독서에서 찾자. 책 읽는 습관을 갖자. 이것이야말로 자신만의 영역에서 즐기는 가장 아름다운 삶의 실천방법이다. 동서고금에 통용되는 진리를 먼 데서 어렵게 찾을 필요는 없다.

먼저 나의 독서 습관을 공개하는 것에서부터 이야기를 풀어보자. 다음 세 가지 정도로 나누어 서술하니, 참고가 되고 도움이 되었으면 한다.

첫째, 나는 선호하는 것을 골라서 읽는다. 주로 문학과 인문학 쪽에 편중되어 있다는 뜻이다. 더불어, 책이나 신문, 잡지는 주로 종이로 제작된 것을 더 좋아한다. 이렇게 말하면, 요즘 같은 시대에 그런 구시대적인 습관을 고집하느냐고 핀잔을 줄지 모르나, 이런 방식으로 습득한 지식이나 정보가 내게는 훨씬 더 효과적으로 기능하기 때문이다. 더하여, 나는 독서의 과정에서 찾아낸 마음에 드는 문장이나 중요한 기록은 모아두기도 하고 적어두기도 한다. 그 문장이나 기록에 내 의견이나 감상을 덧붙여 보관해두는 버릇도 있다. 그리고 정말 간직하고 싶은 글이나 감동을 받은 문장은 한, 두 번 써보기도 하지만, 소리를 내서 읽기도 한다. 그때 그 문장이나 글을 통해 뿜어져 나오는 것들로 내 가슴은 새로운 행복감으로 충만해진다. 그러한 경험은 아등바등 살아가는 현대생활에서 귀중한 자산으로 작용한다. 스트레스를 해소해주는 역할을 한다고 믿고 있다.

둘째, 나는 특별히 좋아하는 책이나 정보가 담긴 자료는 늘 곁에 두고 수시로 읽어본다. 반복이 주는 효과가 쏠쏠하다. 생각보다 지적 능력의 향상에 도움을 준다. 외국어 공부가 주는 반복효과처럼 이런 습관은 나를 더 성숙하게 할 뿐 아니라, 그 글이나 문장에서 생성되는 흡입력과 상상력은 확장성을 불러일으킨다. 앞으로, 이런 글, 이런 문장을 쓰기 위해 노력해야겠다, 혹은 더 나은 글을 써야겠다는 다짐도 생긴다.

셋째, 나는 내 몸이 알려주는 지적 흡입이 왕성한 시간이 있다. 그 시간을 택해서 읽는 편이다. 집중력이 발휘되는 시간은 주로 새벽이다. 일찍 일어나는 습관이 조금은 불편하다고 생각한 적이 있지만, 새벽이 주는 맑은 기운으로 이제는 축복이라고 생각하며 살아가고 있다. 그리고 책이나 잡지 등, 자료를 읽는 장소가 비교적 구체적인 편이다. 나만의 공간, 혹은 책이 잘 읽히는 공간이 있다는 뜻이다.

물론, 지금 내가 약술한 내용들은 개인에 따라, 세대에 따라, 자신이 가진 환경에 따라, 얼마든지 다를 것이다. 정답이 있는 것이 아니다. 참고만 하면 된다. 중요한 것은 자신에게 어울리는 독서방법을 가지라는 것이다. 그리고 지금 이 시점에서 우리들은 자신만의 독서 습관을 갖고 있는지 자문자답해보자는 것이다. 이 시절을 살아가는 현명한 방법의 하나로 삼을 것을 제안한다. 그렇게 가진 습관은 지금 이 시절을 슬기롭게 헤쳐 나가는 길이 되고, 앞으로도 자신의 삶에 긍정적으로 작용하리라 믿는다.

이 시점에서 한 가지 짚고 넘어갈 것이 있다. 우리나라 국민의 독서 실태다. 2019년의 통계에 따르면, 성인의 종이책 연간 독서율은 52.1%, 독서량은 6.1권으로 2017년에 비해 각각 7.8%, 2.2권 줄어든 것으로 나타났다. 종이책과 전자책을 합한 독서율도 62.3%에서 55.4%로 줄어들었다. 안타까운 것은 이는 경제협력개발기구(OECD) 국가의 평균 독서율에도 못 미친다는 사실. '연간 독서율'이란 지난 1년간 일반 도서를 1권 이상 읽은 사람의 비율을 말한다. 문화민족임을 자부하는 우리의 자존심이 크게 상처받고 있다.

이제는 우리의 독서정책에서 성인에게는 '책을 많이 읽어라'가 아니라, '읽고 싶은 책을 많이 읽어라', 혹은 '당신은 읽고 싶은 책을 읽고 있는가'에 초점을 맞추는 것도 좋다. 그리고 또 하나, 덧붙이자. '당신은 자신만의 독서 습관을 갖고 있습니까?'

다시, '한·중·일 공동체 구축'을 위한 담론을 펼치자

1636년 12월로 시간을 거슬러 올라가보자. 그렇다. 청나라가 조선을 침략한 병자호란(丙子胡亂)이 있었다. 전쟁 결과, 일방적으로 인조가 굴욕적인 항복을 했고, 우리의 백성들은 이루 말할 수 없는 고통을 고스란히 떠안았다. 이 치욕과 고립무원의 공간이었던 '남한산성'을 배경으로 한 영화 「남한산성」을 보던 몇 년 전의 기억이 쉬 잊히지 않는 것은 왜일까. 언뜻, 지금 우리를 압박하는 갖가지 내부적·외부적 요인들이 그때의 남한산성을 에워싸던 청나라 대군들처럼, 혹독했던 겨울바람처럼, 우리를 조여 오고 있다는 생각이 스쳐간다.

기우일까. "영화는 영화일 뿐이다", "확대 해석과 과장된 상상을 경계할 필요가 있다", "비교의 차원이 다르다"와 같은 그때의 평가가 소환된다. 그것은 아마도 현재 대한민국을 에워싸고 있는 가시적, 비가시적 환경과 겹쳐지고 있다는 느낌 때문이리라. 여전히 밀물처럼 흘러드는 굵직굵직한 뉴스. 녹록지 않다. 우리의 일상으로 우리의 가슴속으로 흘러들어오고 있다. 우리의 국력을 시험하는 시그널처럼 작동하고 있는 듯하다.

신종 코로나바이러스 감염증(코로나19)의 창궐로 진행되고 있는 세계적인 비상사태. 늘 불안하게 작동하고 있는 우리의 외교 관계. 곧 들이닥칠 것만 같은 세계적 경제적 침체. 복합적으로 몰려오는 이런 쓰나미로 우리의 계절은 불편한 바람 같은 것이다. 이런 현상들로 인해 '춘래불사춘(春來不似春)'의 계절이 지나가고 있다. 봄이 봄 같지 않아 개화의 노래를 부르는 꽃들이 눈에 잘 들어오지도 않는다.

생각해보라. 우리는 반만년에 가까운 유구한 역사 속에서 난세일수록 오히려 모두가 힘을 합쳐 어려움을 극복해냈던 자랑스러운 민족이 아닌가. 그것을 상기하자. 지금도 우리 몸속에 흐르는 뜨거운 피는 변함이 없다. 어려움을 슬기롭게 극복해가는 저력을 과시하고 있다. 그러나 야속하게도 우리들의 아까운 시간은 자꾸만 흘러간다. 그래, 저 봄꽃들이 지기 전에 우리도 무언가 제대로 된 꽃 하나를 피워 놓자. 그것이 난세의 봄을 가장 현명하게 살아갈 수 있는 길이 되리라.

이럴 때일수록 내부 분열이 가장 뼈아픈 후회를 가져온다는 역사적 교훈 앞에 경건해질 필요가 있다. 자연스레 다음과 같은 글이 떠오른다. 어쩌면 지금의 위정자들이나 우리들이 한번쯤은 새겨볼 만한 교훈이 내포되어 있는 듯하여 감히 옮겨, 그 뜻을 새기고자 한다.

눈 내린 벌판을 걸어갈 때에   踏雪野中去(답설야중거)

발걸음 어지럽게 걷지 마라   不須胡亂行(불수호난행)

| 오늘 내가 걸어간 이 발자국은 | 今日我行跡(금일아행적) |
| 뒤따라오는 사람의 이정표가 되리니 | 遂作後人程(수작후인정) |

조선 순조 때의 문신 이 양연(李亮淵, 1771-1853)이 쓴 '야설(野雪)'이라는 시의 전문이다. '야설'은 '벌판에 내리는 눈'이라는 뜻. 몇 번을 읽어도 참 좋은 글이다. 눈 내린 벌판을 아무 생각 없이 걷기만 하였는데, 그 발자국이 뒤따라오는 사람의 이정표가 된다고 하니, 무언가가 가슴을 '쿵' 하고 내리치는 듯한 자극이 온다. 정신이 번쩍 든다. 이미 백 칠십 년도 더 지난 작품이지만, 이십일 세기를 살아가는 현재의 시각으로 읽어 내려가도 전혀 이상하지 않을 만큼의 시적 매력이 내재되어 있다. 어쩌면 지금 우리가 처한 시대 현실과 잘 맞아 떨어지는 상황설정인지도 모른다. 특히 평생을 우리의 독립을 위해 헌신하셨던 백범 김구(白凡 金九, 1876-1949) 선생도 이 글을 만년에 휘호로 즐겨 썼고 좌우명으로 삼았다고 하니, 어느 때보다도 그 이유가 충분히 감지되고도 남음이 있다.

이런 시점에서 필자는 감히 제안 하나 하고 싶다. 한·중·일 공동체 구축을 위한 생산적인 담론을 다시 펼치자는 것이다. 되돌아보면, 한·중·일 삼국의 관계는 늘 가변적이고 부침을 거듭해왔다. 지금도 그런 기류의 연장선상에 위치하고 있다. 무엇보다 세계는 고립주의가 강화되는 양상으로 흘러가고 있는 가운데, 일방적인 대립관계의 지속은 서로의 발전을 저해하는 요인으로 작동할 뿐이다.

예를 들면, 대표적인 한중일 화합을 위한 모임인 '한·중·일 30인회'

에 귀를 기울이는 것도 좋은 대안이다. 이 국제회의는 한국의 중앙일보 (中央日報), 중국의 신화사(新華社), 일본의 니혼게이자이신문(日本經濟新聞)이 중심이 되어 개최하는 것으로, 세 나라가 돌아가면서 매년 한 차례씩 열고 있는 의미 있는 행사다. 한·중·일 3개국의 전직 고위관리와 경제, 교육, 문화 등 각계 전문가 30명으로 구성되는 이 모임의 면면을 들여다보면, 이홍구 전 총리, 후쿠다 야스오(福田康夫) 전 일본 총리, 쩡페이옌(曾培炎) 전 중국 부총리 등 중량감 있는 인물들이다. 거는 기대가 적지 않는 이유를 간접적으로 보여준다. 2016년 12월 일본 시즈오카(靜岡)에서 열린 이후로 별다른 소식이 들려오지 않는다. 어쩌면 그 이후의 개최 소식 단절이 지금의 한중일 관계를 상징적으로 보여주고 있는지도 모른다.

무엇보다 이 회의의 성과물로 지금까지 다루어진 내용의 40%가 정책에 반영되었다는 사실은 희망적으로 읽힌다. '3국 정상회담의 정례화', '상설 협력 사무국 설치', '한·중·일 공용한자 808자 선정' 등이 그 대표적인 사례들이었다고 한다. 필자도 2005년, 2006년, 2007년, '한·중·일 30인회'와는 명칭이 다른 모임이었던 '한·중·일 국제학술 심포지엄'에 참가하여 학술 발표를 한 경험이 있지만, 학술회의나 국제회의에서 발표되고 제안된 내용이 정부의 주요 정책이나 콘텐츠로 채택되고 실행된다면 그보다 더한 성과는 없을 것이다.

동아시아 삼국이 안고 있는 현안의 핵심인 '한·중·일 FTA'도 다시 담론의 장으로 불러들이고, '환경문제', '고령화' 등, 공통의 관심사부터 해결하는 노력을 경주하자. 미래지향적인 사고를 바탕으로 공동번영으로의 길을 모색하자. 그리하여 점차 난제 중의 난제라 할 수 있는 역사문제와 영토문제와 같은 민감한 사안에 대해서도 현명한 접근 방식을 도출해내는 길을 찾아보자. 그 어느 때보다 동반자적 의식이 필요한 시점이다. 코로나 위기를 극복하라는 힘든 숙제가 모두에게 화합과 협력을 요구하고 있지 않은가.

이럴 때일수록 혼란에 빠져 있거나 격랑의 시간을 거부해서도 안 된다. 대한민국호(號)에도 희망의 깃발을 달아줄 수 있는 생산적인 노력이 절실하다.

스마트폰 중독,
그리고 낮은 독서율

책 읽는 사람 찾기가 쉽지 않다. 신문 읽는 사람을 찾기도 쉽지 않다. 대신 스마트폰에 열중하는 사람들만 가득하다. 요즘의 지하철 안 풍경이다. 이제 더 이상 이런 광경을 낯선 풍경이라고 말하는 사람도 없을 것이다. 우리의 일상은 이 풍경에 익숙해져가고 있다. 그래도 지하철에서 책 읽는 사람, 신문 읽는 사람이 꽤 있었는데, 이제는 보기 드물다. 아침 출근길과 지하철을 뒤덮으며 공짜 신문처럼 인식되었던 '무가지 신문'이라는 것도 있었지만, 광고 급감, 경영 악화 등, 미디어 환경의 급격한 변화로 지금은 옛날을 생각하며 떠올리는 하나의 추억이 되어 버렸다.

어떤 이는 지금의 대한민국은 이른 바 '스마트폰 중독'이라고 진단한다. 그래서 나도 이런 시를 썼는지 모른다. 다음은 「표류하는 섬」(시집 『사선은 둥근 생각을 품고 있다』에 수록) 전문이다.

휴대전화기 열도(列島)다

지금, 지하철 객실은

제각각

붕, 떠 있다

섬으로

            - 오석륜 「표류하는 섬」 전문

  마치 섬 같다. 사람들이 온통 섬 같다. 홀로 외롭게 이 도시를 떠도는 섬 같다. 시에는 그 섬이 마치 줄을 서 있는 열도(列島)를 연상시킨다는 화자의 생각이 내장되어 있다. 그 섬은 다른 사람들은 쳐다보지도 않고 관심도 없는 곳이다. 이런 현상은 비단 지하철뿐만 아니라, 학교에서도 거리에서도 어렵지 않게 목격할 수 있다. 심지어는 신호를 기다렸다가 길을 건너는 몇 몇 사람들이 자신의 스마트폰에서 눈길을 떼지 못하다가 위험한 상황에 처하는 아찔한 장면도 연출된다. 이렇게 해서 교통사고를 당하는 사람이 해마다 적지 않다는 통계는 우리를 우울하게 한다. 스마트폰과 목숨을 바꾸었다는 생각마저 들기 때문이다.

  물론 이런 풍경은 우리의 일상에서 대화 단절의 심화로 이어지는 작금의 상황과 결코 무관하지 않아 보인다. 어느 예능프로그램에서 한 집에 살면서도 스마트폰으로 말을 걸고 답하는 코미디 같은 일이 벌어지는 것을 본 적이 있었는데, 적잖이 놀란 사람이 어디 나뿐이겠는가. 대화의 단절 대신 스마트폰의 식사비가 늘어나고 있을 것이다.

이런 스마트폰 중독으로 인해 관심이 가는 것 중의 하나는 낮은 독서율이다. 스마트폰 중독과 독서율 저하가 특별한 상관관계를 가질 수 있을까 하는 의문이 들 수도 있는데, 최근에 접한 어느 신문의 보도는 이를 잘 증명해주고 있다고 생각된다. 즉, "성인 독서율이 줄어든 까닭은 스마트폰을 보기 때문에"라는 기사가 바로 그것이다.

2020년 3월 문화체육관광부가 만 19세 이상 성인 6,000명과 초등학생(4학년 이상) 및 중·고등학생 3,000명을 대상으로 실시한 '2019년 국민 독서실태조사' 결과에 따르면, 성인의 종이책 연간 독서율은 52.1%, 독서량은 6.1권으로 2017년에 비해 각각 7.8%포인트, 2.2권 줄어들었다. 종이책 독서율과 독서량은 줄어들었지만, 전자책으로 보는 비중은 늘어나 성인의 전자책 독서율은 16.5%로 2017년보다 2.4%포인트 증가했다.

여기서 주목할 사항은 성인들이 독서하기 어려운 이유로 무엇을 가장 많이 꼽았을까 하는 것과 그러한 결과를 초래한 요인의 비율은 어느 정도일까. 이 두 가지다. 그에 관한 답은 '책 이외의 다른 콘텐츠 이용이 29.1%'로 나타난 수치다. 스마트폰 등 디지털 매체 이용이 독서율 하락의 주된 원인이 되었다는 뜻이다. 2017년까지 '시간이 없어서'가 가장 큰 요인으로 꼽혔지만, 유튜브·넷플릭스 등 디지털 매체 이용 다변화가 독서율 하락의 주요 원인으로 드러난 셈. 이런 통계가 나온 것은 이번이 처음이라고 하니 향후에도 이런 흐름은 지속될 것으로 예상된다. 이 글을 쓰는 내내, 과연 우리나라가 앞으로도 최고의 교육열을 자랑하는 나라, 오랜 전통을 가진 문화민족으로 인정받을 수 있을까 하는 의문이 가시질 않았다.

책을 읽는 대한민국이 되어야 한다. 하루빨리 책 읽는 나라로의 전환이 필요하다. 가정에서부터 책 읽는 습관을 들이고, 학교와 직장에서도 독서가 권장되고 실행되는 프로그램을 적극 추진하여야 한다. 책을 선물하는 아름다운 풍습도 다시 일어나야 한다. 연말정산 때 도서구입비, 공연 관람비를 공제 대상에 포함시킨 것도 그런 사고를 반영한 정책이다.

당연한 것이지만, 책 읽는 인구와 책 읽는 시간의 감소는 당연히 글을 쓰는 인구의 감소로 이어질 수밖에 없다. 책을 읽고 토론하고 글을 쓰는 문화를 다시 살리자. 그것이 대한민국이 꽃을 피우는 나라로 가는 길이 될 것이다.

지금 잠시 스마트폰을 내려놓고 책을 펼치자. 책갈피 속에 끼워두었던 노랗게 익은 은행잎처럼 우리의 정서도 사고도 아름답게 물들어 갈 것이다. 책 읽을 시간이 없는 것이 아니라, 마음의 여유가 없지는 않은지 되돌아보자. 이 아름다운 계절에 어울리는 가장 아름다운 삶의 방식의 하나는 책을 읽는 것이다.

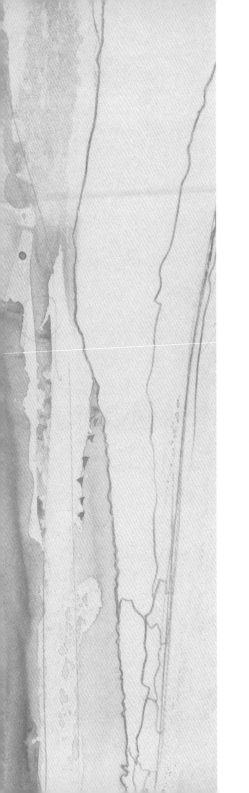

3부

인문학의 풍경

첫 문장의 매력 속으로
빠져보자

버려진 섬마다 꽃이 피었다. 꽃피는 숲에 저녁노을이 비치어, 구름처럼 부풀어 오른 섬들은 바다에 결박된 사슬을 풀고 어두워지는 수평선 너머로 흘러가는 듯싶었다. 뭍으로 건너온 새들이 저무는 섬으로 돌아갈 때, 물 위에 깔린 노을은 수평선 쪽으로 몰려가서 소멸했다. 저녁이면 먼 섬들이 박모(薄暮) 속으로 불려가고, 아침에 떠오르는 해가 먼 섬부터 다시 세상에 돌려보내는 것이어서, 바다에서는 늘 먼 섬이 먼저 소멸하고 먼 섬이 먼저 떠올랐다.

우리에게 익숙한 작가 김훈의 소설 『칼의 노래』(2001)의 첫 문장이다. 이순신 장군이 백의종군을 시작할 무렵부터 노량해전에서 전사하기까지의 삶을 그린 작품의 첫 구절은 이렇게 아름다운 서술로 시작된다. 바다와 그것을 둘러싼 자연, 그리고 화자의 묵직한 울림이 읽는 이에게 감동으로 전해져 온다. 가슴 속에 영원히 지지 않는 꽃으로 남을 만큼 기억하고 싶은 문장이다. 제목을 부쳐 한 편의 시로 바꾸어도 손색이 없다.

일본을 대표하는 작가이며 일본인에게 처음으로 노벨문학상을 안겨 준 가와바타 야스나리(川端康成, 1899-1972)의 『설국(雪國)』(1937)의 첫 문장도 역시 사람들의 가슴에 아름다운 메아리로 남아 있다. "국경의 긴 터널을 빠져나오자 설국이었다. 밤의 밑바닥이 하얘졌다. 신호소에 기차가 멈춰 섰다."로 시작되는 작품의 출발은 예사롭지 않은 흐름을 던져 준다.

또한 가와바타 야스나리 이전에 활동한 작가로서 여전히 일본인에게 가장 인기 있는 소설가의 한 사람인 나쓰메 소세키(夏目漱石, 1867-1916)의 『풀 베개(草枕)』(1906)의 첫 문장도 작품이 출간된 지 100년이 넘었지만, 일본인과 세계 여러 나라 사람들에게 회자되는 명문장이다. 필자가 직접 번역한 책에서 인용해 본다.

산길을 올라가면서 이렇게 생각했다.

이지(理智)에 치우치면 모가 난다. 감정에 말려들면 낙오하게 된다. 고집을 부리면 외로워진다. 아무튼 인간 세상은 살기 어렵다.

살기 어려운 것이 심해지면, 살기 쉬운 곳으로 옮기고 싶어진다. 어디로 이사를 해도 살기가 쉽지 않다고 깨달았을 때, 시가 생겨나고 그림이 태어난다.

인간 세상을 만든 것은 신도 아니고 귀신도 아니다. 역시 보통 사람이고 이웃끼리 오고가는 단지 그런 사람이다. 보통 사람이 만든 인간 세상이 살기 어렵다고 해도 옮겨 갈 나라는 없다. 있다고 한다면 사람답지 못한 나라로 갈 수밖에 없다. 사람답지 못한 나라는 인간 세상보다 더 살기가 어려울 것이다.

소설 속의 주인공이 산길을 올라가면서 풀어 놓은 삶에 대한 깊은 성찰이 농밀하다. 소개한 것보다 더 길게 전개되는 인간 본연의 생에 대한 천착이 쉽게 잊히지 않은 문장으로 서술되지만, 앞부분만 옮겨 놓는다.

세계문학사에 영원히 꺼지지 않는 작가의 한 사람으로 기억되고 있는 러시아의 작가 레프 톨스토이(Leo Tolstoy, 1828-1910)의 예술성 높은 작품 『안나 카레리나』(1877)의 첫 문장도 의미심장하다. "행복한 가정은 모두 모습이 비슷하고, 불행한 가정은 모두 제각각의 불행을 안고 있다." 역시 애독자들이 오랫동안 기억하는 문장이다. 관능적인 사랑과 그리스도교적인 사랑의 대비가 돋보이는 걸작인 만큼, '우리들에게 어떻게 살아야 하는지'를 고민하게 한다. 여성의 심리묘사가 아직도 많은 사람들의 기억 속에 남아 있다.

"롤리타, 내 삶의 빛. 내 몸의 불이여. 나의 죄, 나의 영혼이여. 롤-리-타. 혀끝이 입천장을 따라 세 걸음을 걷다가 세 걸음 째에 앞니를 가볍게 건드린다. 롤-리-타." 이것은 러시아의 작가 블라디미르 나보코프(Vladimir Nabokov, 1899-1977)의 소설 『롤리타』(1955)의 첫 문장인데, '롤리타 컴플렉스'로 불리는 이른바 '소아성애'라는 정신의학에서 쓰이는 용어가 '롤리타'에서 유래했을 만큼 유명한 작품이다. 첫 문장만 읽어보면 순간적으로 상상력이 만개할 것 같은 여운이 진하게 전해오지만, 소설의 주제나 교훈은 첫 문장이 주는 시적 표현만큼 그다지 흥미롭지 않다는 평가가 있어 여전히 논란의 대상이 되고 있는 소설이기도 하다.

이처럼 동서양을 막론하고 사람들의 가슴에 오랫동안 남아 있고 여전히 회자되는 첫 문장은 적지 않다. 영국의 작가 제인 오스틴(Jane Austen, 1775-1817)의 『오만과 편견』(1813)의 첫 문장, "상당한 재산을 가진 독신 남자에게 아내가 필요하다는 것은 보편적인 진리다."와, 스위스의 작가 알랭 드 보통(Alain de Botton, 1969-)의 『왜 나는 너를 사랑하는가』(1993)의 첫 문장, "삶에서 낭만적인 영역만큼, 운명적인 만남을 강하게 갈망하는 영역도 없을 것이다." 등도 독자들이 사랑하는 문장들이다.

이 계절이 가기 전에, 작가들의 첫 문장을 음미해보고 자신의 삶을 반추해보는 시간을 갖는 것도 좋을 듯하다. 아마도 신이 있다면, 그들도 이들의 문장들을 탐냈을 법하다. 그것을 쓰기 위해 인고의 시간을 보내야 했던 작가들의 노력을 헤아려 보고 책 속으로 빠져 들어가 보자. 복잡한 일상에서 탈출하고 싶다면, 지금 자신의 주변에 꽂혀 있는 시집이든 수필이든 소설이든 작품의 첫 문장 속으로 빠져보는 것은 어떨까. 첫사랑 같은 설렘이 붉은 단풍처럼 우리들의 가슴을 물들일지도 모를 일이다.

'고종의 길'을 걸으며

나는 언제쯤 왕의 노래를 부를 수 있을까

언제쯤 먼저 간 당신의 영혼을 편히 쉬게 할 수 있을까

이 나라를 초라한 눈빛으로 살피던 별들도 사라진 새벽

며칠 전부터 눈을 붙이지 못한 채 날개만 퍼덕이는 불길한 상상들을

눈발은 알고 있었던 것일까

어지러이 날린다

자신의 파편들을 털어내는 것 같은 현기증으로 가득하다

잃어버린 별빛을 그리워하며 허공에서 표류하는 바람도 한 치 앞을

뛰어다니지 못하고

격하게 헛바퀴 굴리는 소리만 내는 것이

하늘을 향한 불만을 혼잣말로 풀어놓는 것 같기도 하다

이미 어둠은 긴 혀를 내밀어

아침에 어울리는 하늘의 빛깔을 삼켜 버렸다

이제 곧 저 정적의 뿌리들이

이 땅 여기저기에 터를 잡을 것 같은 조짐들로

뜰에 심어진 꽃들의 개화는 아득하기만 하고

몇 해 전부터 나를 찾고 있는

낯선 외국어 몇 개도 금방이라도 대문을 활짝 열고

감옥 같은 이곳으로 몰려올 것만 같은데

과연 저 외국어들은 사랑하는 여인 하나도 지켜내지 못한 나를

어떻게 번역해낼까 백척간두 같은 이 나라의 운명을

어떻게 예측하고 있을까

눈발은 여전히 내가 돌아가서 안착해야 할

왕궁의 길마저 감출 것만 같은데

　　　　　-오석륜 「왕의 노래 - 아관파천(俄館播遷)의 새벽」 전문

　1896년 2월 11일 새벽, 고종은 경운궁(현재의 덕수궁)을 빠져나와 황급히 러시아공사관 쪽으로 몸을 옮기고 있었다. 왕세자의 발걸음도 고종과 동행하고 있었다. 그날의 날씨를 기록한 자료는 찾아보지 않았으나, 혹독한 추위가 몰아치는 시기였음을 감안하면, 살을 에는 듯한 추위가 고종과 왕세자를 휘감았을 것이다. 그리고 눈보라가 그들의 길에 어지러이 휘날렸을지도 모른다. 그것도 극비리에 궁녀로 변장하고서 궁녀의 가마에 타고 있었다고 하니, 슬프기만 했던 역사의 한 장면이 고스란히 떠오르는 듯하다. 가슴 먹먹하다. 위의 시는 이러한 시대적 배경과 공간적 배경을 껴안고 살았던 조선의 26대 왕 고종의 심경을 필자의 상상력으로 묘사하여 문학 계간지 『리토피아』 2014년 겨울호에 발표한 것이다.

이 역사적 사실이 '아관파천(俄館播遷)'이다. '아관(俄館)'은 러시아공사관을 뜻하는 말로 지금의 서울특별시 중구 정동에 있었다. '파천(播遷)'은 임금이 도성을 떠나 다른 곳으로 피란하던 일을 가리킨다. 따라서 '아관파천'은 친러세력과 러시아 공사가 공모하여 비밀리에 고종을 러시아 공사관으로 옮긴 사건을 지칭하는 용어다. 고종이 러시아공사관에 머물렀던 기간은 1년여.

일본의 감시를 피해 덕수궁에서 러시아공사관으로 거처를 옮겼으니, 그야말로 왕의 무능함이 그대로 드러난 사건이었지만, 한편으로는 일본의 압박을 극복하기 위한 불가피한 선택으로 평가할 수도 있을 것이다. 그러나 정부 지도자들의 허약함이나 분파적 상황 등이 대내외에 알려진 사건이라는 평가에는 이의가 없을 듯하다. 아마도 고종은 그때, 일본인 낭인과 훈련대에 의해 명성황후가 시해되었던 을미사변(乙未事變, 1895년 음력 8월 20일)을 또렷하게 기억해냈을 것이다. 그리고 조선을 둘러싼 열강들의 침략이 점차 노골화되고 심각해지는 상황을 걱정하며 분명 왕으로서의 무능함을 느꼈을 것이다.

어떤 이는 왜, 이 부끄러운 과거사를 굳이 시(詩)로까지 표현했냐고 다소 부정적인 시각을 드러낼지도 모르겠다. 조선의 역대 왕에서 우리에게는 다소 부정적인 이미지가 강한 고종을 화자로 내세워 뭐 어떻게 하겠다는 것이냐고 다그칠지도 모를 일. 하지만, 나는 임금으로서, 한 개인으로서, 격동의 시기를 살아온 그의 인간적 고뇌를 만져보고 싶었고 그려내고 싶었다. 어쩌면 이 고뇌야말로 그 무렵에 단절된 것이 아니라, 여전히 세계열강의 틈에서 어려움을 헤쳐 나가야만 하는 지금의 대한민국 현실과도 어느 정도는 중첩되고 있다는 생각이 들었기 때문이다.

'고종의 길'은 당시 고종이 몸을 피했던 바로 그 길이다. 그 길이 120년 만에 복원되었다. 2016년 9월에 복원이 시작돼 2018년 10월 정식 개방되었다. 대한제국 시기에 미국공사관이 제작한 '정동지도'는 덕수궁 선원전(璿源殿)과 현 미국대사관 사이의 작은 길을 '왕의 길(King's Road)'로 표시하고 있다. 미국 대사관저와 덕수궁 선원전 부지 사이에 길이 110m·폭 3m의 담장을 설치한 곳이 바로 '고종의 길'이다. 복원 당시 문화재청은, "'고종의 길'과 '덕수궁 선원전 구역' 복원을 통해 일제에 의해 훼손된 대한제국의 정체성을 회복하고 근대사 현장을 보존해 서울의 문화적 가치를 높이는 계기를 마련하겠다."며 복원사업의 의의를 설명한 적이 있었다.

개인적으로 '고종의 길' 복원은 필요했던 사업으로 생각한다. 이 길은 우리나라가 근대로 가는 길목에서 부딪쳤던 슬픈 역사의 길이기 때문이다. 근대의 그늘이 드리워진 길이기 때문이다. 허약한 국력으로 많은 것을 빼앗겼던 역사의 가르침을 다시 되새길 필요가 있다는 점에서 '고종의 길' 복원은 의미 있는 작업이었다고 보는 것이다. 실보다 득이 많은 작업으로 평가하고 싶다. 많은 사람들이, 복원된 '고종의 길'을 걸으며 당시의 고종과 우리의 근대가 겪어야 했던 녹록지 않았던 여정을 느낄 수 있었으면 좋겠다.

더불어, 이미 2016년에 개방한 고종의 서재였으며, 외국 사신 접견 장소로 또한 왕의 초상화인 어진의 보관 장소이기도 했던 '집옥재(集玉

齋, 1891년 건립)'에도 들러보길 권한다. 이곳은 원형을 보전하면서 목재 서가와 열람대 등이 추가로 설치되었으며, 조선시대에 특화된 도서관으로 운영되고 있다고 한다. 경복궁 내에 있다. '집옥재'에 남아 있는 고종의 숨결과 근대화의 숨결도 함께 어루만져보았으면 하는 바람이다.

한국 시가
나아갈 방향을 고민하며

"요즘 시는 왜 이렇게 어려워. 무슨 말인지 도통 알 수가 없어. 그 시를 평한 평론은 더 모르겠어." 몇 해 전 어느 출판사 대표가 당시 발표된 시를 가리켜 푸념처럼 했던 말이 떠오른다. 지금도 그 말이 갖는 뜻은 진행형처럼 내 가슴속을 떠나지 않고 있다. 물론 그의 얘기가 모든 시에 적용되는 말은 아닐 것이다. 그가 지칭한 것은 이른바 '난해시'였으리라.

여기서 우리가 고민해야 할 것은 무엇일까. 단순히 난해시가 독자를 떠나게 하여 시집 출판이나 독자 수를 급격히 감소시킨다는 것일까. 그보다는 그로 인하여 우리에게는 마르지 않는 지식의 샘이자 상상의 보고(寶庫)와 같은 역할을 했던 시의 기능이 점차 상실의 길로 접어들 수도 있겠다는 두려움 같은 것이다. 슬픈 일이지만, '시의 위기'는 '지식의 위기'로 이어질 수 있기 때문이다.

문학으로부터 소외된 인류는 상상조차 하기 싫다. 정말 그런 현실이 도래하면 우리는 문학만큼 더 유효하게 마음의 상처를 치유할 방법을 영원히 찾아내지 못할 것이다. 요즘처럼 코로나바이러스로 고통 받는 시절에는 더더욱 절실하게 슬픔과 외로움을 품는다. 사회적 거리 두기가 실천되고 있는 서구에서 오히려 문학작품이 많이 읽힌다는 기사는 그런 현상의 방증이다.

시는 문학의 한 장르지만 본령이다. 시가 우리에게 주는 순기능에서 으뜸은 감동이다. 그래서 시 공간은 우리의 오감이 서로 반응하여 따뜻한 안식처가 된다. 위안과 기쁨이 찾아온다. 때로는 시가 불러일으키는 낯선 충격에 탄성을 연발하기도 하고, 행간의 긴장이 베푸는 시적 묘미를 즐기기도 한다. 무엇보다 '극적 전환'은 평소 전혀 생각하지 못했던 상상력이 확대되는 느낌을 고스란히 선물 받는 장치다. 그것은 곧 새로운 발상이나 영감을 얻는 계기로 작동한다. 자연현상이나 삶에 대한 고정관념에서 탈피하여 새로운 인식을 하게 되는 건강한 자극을 받게 된다. 이러한 것들이 좋은 시가 우리에게 주는 요소로 설명될 수 있다.

그래서 시는 독자들과의 소통이 중요한 인자다. 읽는 이의 대부분, 혹은 시 전문가조차도 이해하지 못하는 시는 어디에 정착해야 하고 어떻게 소통해야 하는가 하는 고민은 어제오늘의 일이 아니다.

물론, 난해시를 시가 가진 고유의 가치를 훼손하고 있다고 말해서는 안 된다. 우리의 상식과 논리적인 잣대로 풀어낼 수 없는 섬세한 구조를 가진 시의 값어치도 인정해야 하기 때문이다. 그래서 '시는 어렵다'가 아니라, '시는 왜 어려운가'에 대한 근본적인 고민은 좀 더 발전적으로 시를 이해하는 열쇠가 된다. 쉬운 시도 필수불가결한 시의 독자, 시의 발전에 기여하지만, 실험적인 시와 다양성을 추구하는 과정에서 나타나는 진일보된 시도 공존해야 하는 것도 사실이다.

그러나 나는 굳이 그렇게 창작된 시를 보통의 독자들에게 읽으라고 권하고 싶지는 않다. 그러기에는 시가 너무 독자에게서 멀리 위치해 있다. 그런 시로 인해 여타의 시도 함께 소외되어 있다는 느낌을 지울 수 없다. 시는 이미 생존의 경계선에서 위태롭다. 아니 보는 관점에 따라서는 더 가혹한 평가가 있을 수도 있다. 혹여 당신은 '시는 영원히 우리의 곁을 떠날 수 없는 거야' 하는 확신을 갖고 있는가. 그렇다면 그 근거는 무엇이고, 영원성을 위한 노력은 무엇인지를 구체적으로 전제해야만 설득력이 있다.

이웃 나라 일본은 시를 잘 읽지 않는다. 내가 아는 일본 시인이나 일본인에게 왜 그런가 하고 물으면, 역시 '시는 어렵다는 인식을 가진 사람들이 많기 때문'이라는 대답이 돌아온다. 그래도 일본 시인들은 한국 시인들은 행복하다고 말한다. 한국은 시를 읽어주는 독자가 존재할 뿐만 아니라, 여전히 시를 중요한 문학의 장르로 인정하지 않느냐는 설명도 덧붙여 준다.

한국인은 예로부터 시를 사랑하는 민족이다. 이것은 대한민국 시인으로 국민으로 살아가는 보이지 않는 힘이다. 대한민국이 문화민족이라는 것은 시에 그 뿌리를 두고 있다고 해도 과언이 아닐 것이다.

소통할 수 없는 예술은 쓸쓸하다. 그 존재가치가 폄하된다. 시도 마

찬가지다. 이쯤에서 다시 한번 한국 시가 나아갈 방향을 고민하자. 밀리
언셀러를 생산했던 기억을 다시 떠올리자. 시 독자의 외면이 길면 길수
록 대한민국 문화의 근원도 흔들린다. 지금은 '시의 위기'가 '지식의 위
기'로 이어지고 있다. 이것은 국가적 차원에서 시 창작과 시 독자를 배
려하는 정책이 나와야만 하는 중요한 이유이기도 하다.

'승정원일기承政院日記'의
번역이 가지는 의미

조선시대 임금들은 신하들이 올린 상소문이나 보고에 대해서 어떻게 말을 했고, 어떤 조치를 취했을까. 그런 과정에서 군신 간에 주고받은 대화는 어떤 문장으로 서술되었을까. 좀 더 호기심을 작동시킨다면, 조선시대 왕의 일상은 어떠했으며, 사랑하는 사람과의 만남과 이별은 어떤 모습이었을까. 더불어 그 당시의 날씨나 강수량은 어떻게 기록되었을까. 만일 그런 기록이 존재한다면, 하루라도 빨리 보고 싶어지는 욕구를 억누를 수 없을 것 같다.

이런 제반 사항에 대한 기록을 살펴볼 수 있는 것이 『승정원일기(承政院日記)』다. 현재도 조선후기사 연구에 있어 1차 사료로서 그 가치를 인정받는 소중한 자산이다. 그 『승정원일기』가 번역 중이다. 그것도 인공지능(AI)으로 말이다. 승정원은 조선시대, 임금의 명령을 전달하고 여러 가지 사항들을 임금에게 보고하는 일을 맡아보던 곳으로 지금의 대통령 비서실에 해당한다. 왕의 교서나 신하들이 왕에게 올리는 글 등, 모든 문서가 승정원을 거치게 되어 있었기에 그 역할이 중대했던 기관이다.

대한민국 국보 제303호로 지정된 이『승정원일기』에 기록된 글자 수는 무려 2억 4250만 자. 권수로는 3,243권이다. 세계의 모든 역사기록물 중 최대의 기록물이다. 이미 번역된 것으로 우리의 귀에 익숙한 『조선왕조실록(朝鮮王朝實錄)』의 글자 수인 4964만 6667자와 비교해도 그 5배나 되는 어마어마한 양이다. 『승정원일기』는 일반인에게는 조금은 생소한 기록물로 다가올 수 있지만, 사실은 2001년에 유네스코 세계기록유산에 등재된 우리의 자랑스러운 문화유산 중의 하나다.

다행히도 2001년 그해부터 국사편찬위원회가 시작한 『승정원일기』 DB 구축은 2015년 12월까지 모두 완료하여 홈페이지 업데이트까지 마친 상태다. 물론 이것은 원문이 모두 DB화되었다는 뜻이지, 보통의 사람이 읽기 편하게 현재의 국어 문장으로 되어 있다는 의미는 아니다. 1994년에 번역을 시작하여 2017년 여름 무렵에 20%의 번역 진척상황을 보였다는 보도는 접한 적이 있다.

지금은 한국고전번역원에서 진행 중인데, 가장 최근에는 그 진척에 대한 사항은 접하지 못하고 있다. 『승정원일기』의 속살을 들여다보고 싶은 사람들의 궁금증을 위해서라도 가끔은 그 번역의 진행속도를 알려주면 어떨까 하는 생각도 든다.

나도 그것이 궁금하여 『승정원일기』와 관련된 용어로 검색 사이트로 들어가 보니, 고종, 인조, 순종 시기의 『승정원일기』의 번역은 이미 끝났으며, 현재는 영조 시기의 『승정원일기』가 번역 중이라는 문장이 읽힌다. 해석본은 '한국 고전 종합 DB'라는 곳에서 볼 수 있다고 하니, 번역 자료를 읽고 싶은 사람에게는 참고가 될 만하다. 2018년도 국정감사에서는 전문 인력 부족으로 인해 '남북 공동 번역을 추진'해야 한다는 의견도 나왔으나, 구체적인 결정은 없었던 것 같다.

그럼, 왜 이런 의미 있는 역사기록물이 여태까지 번역되지 않았을까 하는 의문이 강하게 들기도 하지만, 사람이 하면 45년은 걸리는 이 번역 작업이 인공지능을 통하면 18년 후에는 마칠 것이라는 소식을 들은 적이 있다. 아마도 독자들은 설레는 마음으로 완역이 이루어지길 기다리고 있으리라. 다만, 아쉽게도 『승정원일기』에는 519년이라는 조선의 기간 중 288년간의 기록만이 남아 있다. 조선 개국 초부터 매일 작성된 것이지만, 임진왜란(1592-1598), 이괄의 난(1624) 등을 거치며 대부분이 소실되었기 때문이다. 현재는 인조 원년(1623)부터 고종 때(1910)까지의 기록만 남아 있다. 전부 남았더라면 하는 아쉬움은 그런 사실(史實)에서 연유한다.

무엇보다 진행 중인 『승정원일기』의 번역 작업이 갖는 중요한 의미는 세계 최대의 양을 가진 한문으로 된 역사기록물을 세계 최초로 인공지능으로 완역한다는 데에 있을 것이다. 물론 그것은 인공지능이 과연 얼마나 유려하게 우리말 문장으로 현대인에게 편하게 소통할 수 있는 번역을 할 수 있을 것인가에 대한 숙제를 품고 있기도 하다. 또 하나의 중요한 의미는, 조선사 연구의 귀중한 자료를 확보한다는 것이다. 앞에서 서술한 것처럼, 『승정원일기』는 왕의 성격이나 취향, 건강 상태와 같은 임금 개인에 관한 사항뿐만 아니라, 조선의 정치, 경제, 사회, 기후와 같은 사적 가치를 고스란히 우리 후손들에게 전해줄 수 있기 때문이다.

이러한 유의미한 번역 사업과 관련하여 감히 나는 제안을 하나 하고 싶다. 그것은 다름 아닌 이 번역을 계기로 2007년과 2009년, 2011년, 2013년, 2015년에 유네스코 세계기록 문화유산으로 등재된 『조선왕조의궤』, 『동의보감』, 『일성록』, 『난중일기』, 『한국의 유교책판』과 같은 역사기록물의 번역도 우선적으로 진행되었으면 하는 것이다. 이미 2001년과 2007년에 등재되었던 『직지심체요절』과 『고려 대장경판 및 제경판』 등의 번역도 이루어져, 하루빨리 우리 현대인들과의 시대적 소통이 이루어지길 기대한다.

혹여 인공지능 번역으로 인적 자원인 번역자의 일자리가 없어지지 않을까 하는 고민은 기우에 그치리라 생각된다. 인공지능의 번역은 초벌 수준에 그칠 것으로 보기 때문이다. 우리 조상의 뛰어난 기록문화유산이 하나, 둘씩 번역되어 일반 국민에게 읽히기 위해서는, 오히려 더 유능한 번역자를 필요로 할 것이다. 사업의 확장성도 기대해 본다.

예상하건대, 이런 기록문화유산의 번역·보급은 향후 'K-드라마'와 같은 소재로도 활용되어 한류의 확장에도 크게 기여할 콘텐츠가 될 가능성도 크다. 한류에 매우 중요한 견인차 역할을 했던 드라마 「대장금」도 『조선왕조실록』에 나타난 몇 글자 안 되는 '장금이라는 의녀(醫女)'의 기록에서 출발했다는 사실도 기억할 필요가 있다. 아무리 시간이 흘러도 가장 한국적인 것이 가장 세계적인 것이 될 수 있다는 사실은 분명해 보인다. 우리는 참 행복한 민족이다. 다른 나라가 갖지 못한 우수한 문화유산이 풍부하다는 것만으로도.

패러디의 매력을 알자

장정일(1962-) 시인의 다음의 작품을 감상해보자.

내가 단추를 눌러 주기 전에는

그는 다만

하나의 라디오에 지나지 않았다.

내가 그의 단추를 눌러 주었을 때

그는 나에게로 와서

전파가 되었다.

내가 그의 단추를 눌러 준 것처럼

누가 와서 나의

굳어 버린 핏줄기와 황량한 가슴 속 버튼을 눌러다오.

그에게로 가서 나도

그의 전파가 되고 싶다.

우리들은 모두

사랑이 되고 싶다.

끄고 싶을 때 끄고 켜고 싶을 때 켤 수 있는

라디오가 되고 싶다.

    -장정일 「라디오와 같이 사랑을 끄고 켤 수 있다면」 전문

시를 몇 번 읊조리다 보면, 라디오의 '버튼'을 통해 현대를 살아가는 우리에게 사랑의 의미를 묻고 있는 느낌에 젖어 들게 한다. 더하여 풍자의 목소리도 감지된다. 그래서 관심이 가는 구절도 "내가 그의 단추를 눌러 주었을 때 / 그는 나에게로 와서 / 전파가" 된 것처럼, "누가 와서 나의 / 굳어 버린 핏줄기와 황량한 가슴 속 버튼을 눌러" 달라는 화자의 메시지다. 그 전파에 합류하고 싶은 마음이 찾아온다. 이는 허허로운 현대를 살아가는 사람들과의 소통을 강조하는 대목으로 읽힌다. 그 소통은 바로 "우리들은 모두 / 사랑이 되고 싶다."로 귀결되는 양상을 보인다. 그리고 시를 읽는 내내 자연스럽게 또 한 편의 시를 떠올리게 한다. 그것은 바로 김춘수(1922-2004) 시인의 「꽃」이다.

장정일 시인은 이 시의 제목을 「라디오와 같이 사랑을 끄고 켤 수 있다면」이라고 붙이고, 부제로 '김춘수의 꽃을 변주하여'라고 했다. 김춘수의 「꽃」은 우리에게 잘 알려진 명시지만 그 전문을 다시 읽어보면서 장정일의 그것과 느낌을 공유해보자.

내가 그의 이름을 불러주기 전에는

그는 하나의 몸짓에 지나지 않았다

내가 그의 이름을 불러 주었을 때

그는 나에게 와서 꽃이 되었다

내가 그의 이름을 불러준 것처럼

나의 이 빛깔과 향기에 알맞은

누가 나의 이름을 불러다오

그에게로 가서 나도

그의 꽃이 되고 싶다

나는 그에게 그는 나에게

잊혀지지 않는 하나의 눈짓이 되고 싶다

-김춘수 「꽃」 전문

이미 중고등학교 때 몇 번씩은 읽어보았을 작품이리라. 이 친숙한 시를 다시 접하면, 장정일의 시 「꽃」은 원작과는 또 다른 의미의 재창조를 행하고 있음을 알 수 있을 것이다. 즉, 패러디(parody)다.

더불어 오규원(1941-2007) 시인의 「꽃의 패러디」도 김춘수의 「꽃」을 패러디하여 다음과 같이 노래한다.

내가 그의 이름을 불러 주기 전에는

그는 다만

왜곡될 순간을 기다리는 기다림

그것에 지나지 않았다.

내가 그의 이름을 불렀을 때

그는 곧 나에게로 와서

내가 부른 이름대로 모습을 바꾸었다. (후략)

　　　　　　　　　　　　-오규원 「꽃의 패러디」 부분

역시 이 작품도 김춘수 시인의 원작 「꽃」과 상반된 관점에서 시상을 풀어내고 있다는 점에서 눈길이 간다. "그는 다만 / 왜곡될 순간을 기다리는 기다림"일 뿐이며, "내가 그의 이름을 불렀을 때 / 그는 곧 나에게로 와서 / 내가 부른 이름대로 모습을 바꾸었다."고 진술하여, 오규원 시인만의 다소 색다른 재창조의 기운으로 읽힌다.

이처럼 패러디는 기존의 가치관이나 질서에 대한 재해석의 힘을 바탕으로 또 다른 재미나 놀라움을 잉태하고 있다. '창조' 혹은 '창작'이라는 값어치를 갖는 것은 그 때문이다. 물론 문학작품뿐만 아니라 음악과 미술 등, 모든 예술 분야에서 동등한 힘을 발휘한다. 이 글에서 이들 시인의 작품을 소개한 것은 '과연 패러디가 창작이 될 수 있을까'하는 물음에 답하기 위함이다. 즉, 패러디는 단순한 모방의 차원을 넘어서, 패러디의 대상이 된 작품과는 별도로 창작이라는 의미를 부여받게 되는 것이다.

그것을 좀 더 확대해석해 보면, 우리의 일상과 관련된 모든 행위에서도 얼마든지 패러디를 꿈꿀 수 있다는 사실이다. 그리고 패러디의 성공 여부는 기존의 것을 정밀하게 해석하고 분석해야 한다는 것을 명심해야 한다. 그런 능력과 노력을 전제로 한다는 사실을 잊어서는 안 된다. 획일화된 사고에서 벗어나 자신만의 향기를 불어넣을 때 비로소 패러디는 꽃을 피울 수 있다. 그러나 분명히 하자. 패러디를 했을 때는 반드시 원작을 밝혀야 한다. 그것이 지켜지지 않으면 패러디만의 매력은 사라지고 말 것이다.

스티브 잡스(Steven Paul Jobs, 1955-2011)의 아이폰이 어느 날 갑자기 생겨났을까. 뉴턴(Newton, 1642-1727)이 떨어지는 사과에서 만유인력의 법칙을 발견했지만, 그것이 과연 우연의 산물이었을까. 아니다. 세상을 놀라게 한 아이디어나 발명, 발견이 갑자기 뚝딱 생겨난 것은 아무것도 없다. 우리가 패러디 능력을 발휘하지 못하는 중요한 원인의 하나도 기존의 창작품이나 발명품에 대한 충분한 독해 능력을 가지려고 하지 않는다는 점에 있다. 그것을 잊어서는 안 된다. 그러한 실천이 요구되는 이유는 우리는 이미 '아이디어 전쟁' 속에서 살아가고 있기 때문이다.

새해가 시작된 것이 엊그제 같은데 벌써 늦봄이다. 혹독하게 추위를 읽어낸 꽃들도 제 나름의 향기로 세상의 축제에 동참할 것이다. 또한, 계절에 어울리는 풍경도 빚어낸다. 새로운 계절을 맞이하면서 우리도 각각의 일상에서 패러디의 매력을 찾아보는 시간을 가져보면 어떨까. 그런 바람을 가져본다. 그것이 우리들의 삶에 활력소가 되고 재생산

과 창조의 기회로 작용하고 인류의 행복에 기여할 수 있다면 이보다 더
좋은 일이 어디 있겠는가.

다시 시가 읽히는 세상을 꿈꾸며

옥수수 잎에 빗방울이 나립니다

오늘도 또 하루를 살았습니다

낙엽이 지고 찬바람이 불 때까지

우리에게 남아 있는 날들은

참으로 짧습니다

아침이면 머리맡에 흔적없이 빠진 머리칼이 쌓이듯

생명은 당신의 몸을 우수수 빠져 나갑니다

씨앗들도 열매로 크기엔

아직 많은 날을 기다려야 하고

당신과 내가 갈아엎어야 할

저 많은 묵정밭은 그대로 남았는데

논두렁을 덮는 망촛대와 잡풀가에

넋을 놓고 한참을 앉았다 일어섭니다.

마음 놓고 큰 약 한번 써보기를 주저하며

남루한 살림의 한구석을 같이 꾸려오는 동안

당신은 벌레 한 마리 죽일 줄 모르고

악한 얼굴 한 번 짓지 않으며 살려 했습니다. (후략)

-도종환 「접시꽃 당신」 부분

도종환 시인의 시집 『접시꽃 당신』(1986)에 실려 있는 「접시꽃 당신」의 일부다. 이 시를 읽었을 때를 되돌아본다. 그때는 뜨거웠다. 1980년대 대한민국의 독자들은 뜨거웠다. 시를 읽었기에 뜨거웠다. 대한민국 정부 수립 이후 시집이 밀리언셀러를 기록한 것은 1980년대였다. 아니, 그것은 우리 역사상 처음 있는 사건이었는지도 모른다. 도종환 시인의 시집 『접시꽃 당신』을 비롯하여, "기다림은 / 만남을 / 목적으로 하지 않아도 좋다. / 가슴이 아프면 / 아픈 채로, / 바람이 불면 고개를 높이 쳐들어서, 날리는 / 아득한 미소"(후략)라고 노래했던 서정윤 시인의 시 「홀로서기」가 실린 『홀로서기』, 이해인 시인의 『오늘도 낮달로 떠서』, 그리고 대학가 화장실과 문학회 서클룸의 낙서장, 찻집 등에 학생들이 적어놓은 낙서들을 모아 엮은 책 『슬픈 우리 젊은 날』은 모두가 1980년대에 출간되어 밀리언셀러를 기록한 시집들이었다.

그리고 그 열기는 식지 않아, 1990년대에도 밀리언셀러의 바람은 그치지 않았다. 사랑을 노래하는 시인 이정하의 『너는 눈부시지만 나는 눈물겹다』가 바로 그것이었다. 애달픈 사랑의 시가 독자들의 가슴을 달구며, 시집이라도 얼마든지 밀리언셀러를 이룰 수 있다는 힘을 보여주었다. 또한, 밀리언셀러는 아니었지만, 최영미 시인의 『서른 잔치는 끝났다』가 당당히 베스트셀러로 읽힌 것도 이 무렵이었고, 우리에게 친숙한 시인 안도현이 "연탄재 함부로 발로 차지마라 / 너는 / 누구에게 한 번이라도 뜨거운 사람이었느냐"고 일갈한 「너에게 묻는다」라는 작품이 나온 것도 1994년의 일이었다.

다시 그 시절처럼 시가 읽히는 날이 올 수 있을까. 그나마 몇 년 전, 윤동주 시인의 유고 시집 『하늘과 바람과 별과 시』가 읽히고, 그를 기리는 영화 「동주」가 제작되어 독자들의 그리움을 메워주었다. 또한, 백석 시인의 초판본 시집 『사슴』의 재출간과 소월의 『진달래꽃』 초판의 경매 최고가 기록 등은 우리들의 가슴에 시의 불씨가 살아 있다는 더없이 좋은 소식들이었다. 더불어 맨 부커상 수상에 힘입어 소설가인 한강 씨의 시집 『서랍에 저녁을 넣어 두었다』와 최승자 시인의 『빈 배처럼 텅 비어』의 선전으로 다시 시가 읽혔고, 시집의 인기가 복원될 수 있다는 긍정적인 조짐들도 보였다.

그러나 최근에 와서는 특별히 시집의 부활을 알릴만한 소식이 들리지 않는다. 지금 한국 시는 배가 고프다. 커다란 이유 중의 하나는 불경기 탓이리라. 경제적으로 궁핍해진 사람들이 시집을 잘 사보지 않는다. 그것이 현실이다. 반면에 커피 판매점은 호황을 이루고 있다는 기사가 우리들 가슴속으로 파고들고 있다. 커피 두, 세 잔이면 시집 한 권 사볼 수 있는데, 라는 아쉬움이 커지지만, 동시에 커피 마시면서 시를 음미하면 어떨까, 하는 낭만도 그 어느 때보다 짙어지고 있다.

경제가 어렵고 마음이 궁할수록 시를 읽어야 한다. 1980년대는 정치적으로 어려운 사건들이 많았다. 시가 우리를 달래주었는지도 모른다. 사람을 읽고 싶고, 우리의 삶을 읽고 싶을 때, 시만큼 우리를 편안하게 위로해 준 것이 있었는가. 세상살이가 힘들고 삶에 지쳐갈 때 시를 쓰고 시를 읽었다. 그것이 시가 존재하는 중요한 이유다. 문학의 본령은 시다. 우리 민족이 문화의 민족이라는 전제에는 시가 튼튼하게 자리 잡고 있다. 우리 조상들은 시를 통해 노래를 불렀다. 그것이 어쩌면 리듬감 있는 삶을 살기 위한 인생의 한 행태였는지도 모른다. 하찮은 것, 쓸데없는 것, 돌아보지 않는 것에 따뜻한 생명력을 불어 넣어주고, 감동을 주고, 힘을 주는 언어의 모임, 그것이 시다. 시가 죽어가는 세상은 상상하기조차도 하기 싫다. 향기를 잃어가는 삶에 꽃을 피워야 한다면 시를 읽어야 한다.

시가 읽히는 사회는 건강한 유전자를 가진 집단이다. 미래학자 앨빈 토플러(1928-2016)는, "미래는 예측 아닌 상상하는 것"이라 했다. 시 역시 상상의 창고이고 상상의 창조물이 아닌가. 시집이 밀리언셀러의 귀환을 이끌고 있다는 뉴스를 꿈꾸어 본다. 학교에서 직장에서 집에서 시를 읽고 쓰고 외우고 하는 그런 풍경이 그립기만 하다.

언제 우리에게
인문학의 열풍이 있었던가

언제 우리에게 인문학의 열풍이 있었던가. 묻고 싶다. 혹자는 그런 시절이 있었다고 하는데, 그것도 최근에 와서 인문학적 열기가 남다르다고 하는데, 그런 분위기가 감지되고 있다고 하는데, 나는 그런 의견에 선뜻 동의하기가 어렵다. '인문학을 중시하자', '인문학적 소양을 키우자', '인문학적 성찰', '인문학적 상상력', '인문학적 글쓰기', '인문학 특강' 등과 같은 인문학 관련 표현이 과거 그 어느 때보다 우리 사회에 많이 통용되고 있는 것은 어느 정도 사실이고, 또한 그러한 흐름은 긍정적으로 해석할 만하다.

그러나 과연 인문학이 지속성을 갖고 우리들의 피부에 와 닿고 있는지에 대한 물음을 던진다면, 인문학의 열기는 일회성으로 그치고 있다고 대답할 수밖에 없다. 주변에서 종종 열리는 인문학 관련 강좌가 깊이와 연속성을 바탕으로 체계적이고 효율적인 계획 아래 이루어지기보다는 그냥 백화점식 나열에 그치는 소비 성향을 보이고 있다는 느낌이다. 이 시점에서, 우리 스스로 자문해보자. 지금 펼쳐지는 인문학의 열기가 혹여 현재 자신이 겪고 있는 혼란스런 삶에 대해 잠시나마 인문학적 배경지식의 터득으로 그치고 있는 것은 아닌지. 그로 인해 작은 갈증이 풀린 듯한 느낌은 아닌지 말이다. 냉정하게 표현하자면, 지금의 현상은 '인문학의 열풍'이라는 말과 '인문학의 위기'라는 말이 공존하는 세상이 아닌가 하는 생각을 해 본다.

우선, '인문학의 위기'와 관련하여, 가장 피부에 와 닿는 얘기를 하나 꺼내보자. 대한민국 최고의 지성인 집단이라고 할 수 있는 대학에서의 인문학 경시는 완연하다. 최근 대학에서 이루어지고 있는 구조조정과 관련하여, 학과의 통폐합 대상에 우선적으로 인문학 관련 학과가 거론되고, 현실적으로 그렇게 진행되고 있다. 인문학 관련 강좌수도 상당수 줄어들고 있다. 그야말로 인문학의 위기다. 심지어 일부 대학에서는 국어국문학과와 사학과도 통폐합 대상으로 거론된 적도 있다. 철학과 혹은 윤리학과, 외국문학 관련학과 등도 같은 시련을 겪고 있다. 취업률로 잣대를 들이대는 세상에 학령인구 감소가 더해진 상황. 그러니 인문학 관련학과는 비명을 지를 수밖에. 대학과 인문학 관련 구성원의 고민이 점점 더 깊어갈 뿐이다. 정부가 그리고 있는 구조조정의 그림도 인문학 관련학과의 축소 및 폐과가 중심 소재다.

이러한 현상으로 대학의 인문학 관련 학자들의 고민도 그 어느 시절보다 짙은 그림자를 드리우고 있다. 향후 우리나라에서 인문학을 책임질 인재들이 사라지거나 줄어들 것이라는 예상은 어렵지 않게 해볼 수 있는 것이다. 거기에 2019년 2학기부터 시행된 이른바 '강사법'도 적잖은 우환을 던져주었다. 이런 작금의 현상을 두고 인문학의 열기가 남다르다거나 인문학의 열풍이라는 식으로 표현한다면 난센스다. 대학을 졸업한 취업 준비생들에게 요즘 유행하는 말의 하나가 '문송'이다. '문송'이란 '문과라서 죄송합니다'라는 말의 준말이다. 만약 이러한 자조 섞인 언어가 오랫동안 이 사회를 지배하는 현상으로 굳어진다면, 대한민국의 미래는 결코 밝지 않다.

인문학은 무한한 장점과 매력을 품고 있다. 인간과 관련된 근원의 문제를 천착하는 학문이다. 그래서 인문학은 그 출발점이 사람이고, 종착점 또한 사람이라고 할 수 있다. 사상, 문화 등 인간의 가치에 관련한 여러 다양한 분야의 학문이 인문학의 품속에 있다. 아무리 능력이 우수한 사람이라도, '자신'과 '타인'에 대한 이해와 배려, 나아가 '너'와 '나'를 포함한 '우리'에 대한 공감이 부족하다면, 그 능력은 오히려 악으로 작용할 수 있다. 이것은 인문학이 가장 우려하는 현상인 동시에 인문학이 왜 필요한지에 대한 답이 될 수 있다.

자연과학은 자연 현상을 연구대상으로 하는 것으로, 우리가 흔히 말하는 과학이 여기에 해당한다. 탐구하고 분석하고 그를 바탕으로 실험이라는 방법을 통해 명료한 결과를 창출해내는 학문이다. 자연과학이 인류사회에 엄청난 공헌을 했다는 것은 누구나 다 아는 사실이다. 그러나 동시에 점점 더 팽배해지고 있는 물질만능적이고 눈에 보이는 결과에 집착하는 행동 양식과 사고만으로는 우리 인류는 절대로 평화로워질 수도 없고 행복해질 수도 없다는 것도 깨닫고 있다. 자연과학이 인류가 안고 있는 질병과 같은 난해한 문제를 해결하고 새로운 창조를 위해 끊임없는 노력을 하고 있다면, 우리의 삶에 대한 근원적인 질문을 던져주는 인문학의 발전도 동시에 이루어져야 한다. 어느 한쪽으로 치우친 학문의 발전이 허용되어서는 안 되는 이유가 바로 여기에 있다. 수레바퀴와 같은 동행이 필요하다. 균형과 조화가 필요하다. 요즘 들어 부쩍 우리에게 던지는 화두의 하나는 자연과학과 인문학의 융합적 사고다. 그것이 인류 공헌에 이바지할 것이라는 메시지는 의미심장하다.

그런 의미에서 나는, 2017년 1월에 교육부와 문화체육관광부가 밝힌 "인문학 및 인문정신문화를 진흥하고 사회적으로 확산함으로써 창의적 인재를 양성하고 나아가 국민의 정서와 지혜를 풍요롭게 하며, 삶의 질을 개선하는 데 이바지함을 목적으로 한다."는 '인문학 및 인문정신문화 진흥기본계획'에 절대적인 찬성을 표시한다. 동시에 그 계획이 보다 구체적이고 현실적인 실천으로 이어지기를 희망한다. 분명 고사되어 가는 인문학의 위기에 새로운 호흡을 불어 넣을 계기가 될 수 있을 것이다. 우리의 교육 현장과 사회에 인문학의 향기가 피어날 것이다.

우리의 교육이 자기를 돌아보고 남을 배려하는 그런 글 한 번 써보지 못한 사람을 사회에 배출하고 있지는 않은지 진지한 성찰을 해야 할 시점이다. 덧붙여, 현재 유행하는 인문학이 단순히 지식 전달에 치우치는 것도 경계해야 한다. 우리에게 정말 '인문학의 열풍'이 불어온다면 우리 사회는 점점 더 살고 싶은 세상으로 되어간다는 뜻이다. 세상이 점점 더 따뜻해지고 아름다워지고 있다는 뜻이다. 더불어 사는 사회, 그리고 잘 산다는 것이 무엇을 의미하는지 그것을 체득하는 날, 아마도 그때가 되어서야 우리는 '인문학의 열풍' 혹은 '인문학의 대중화'라고 부를 수 있지 않을까.

한국문학 작품이
한류에 합류하려면

2016년 5월 중순에 있었던 일. 소설가 한강 씨가 소설 『채식주의자』
로 아시아인 최초이자 최연소로 '맨부커 인터내셔널상'을 수상했다. '맨
부커상'은 노벨문학상, 프랑스의 공쿠르 문학상과 함께 세계 3대 문학
상의 하나로 평가받는다. 그야말로 한국문학의 위상을 전 세계에 알리
는 순간이었다. 이 작품을 번역한 영국인 번역자 데버러 스미스(Deborah
Smith) 씨도 공동 수상자로 이름을 올렸다. 그때의 수상은 무엇보다 세계
가 다시 한번 한국문학을 주목하는 중요한 계기를 마련했다는 점에서
값진 성과였다. 더불어 한국문학도 향후 노벨상 수상으로 나아갈 수 있
다는 가능성과 기대감을 확산시켜 주었다.

그 후에도 편혜영 작가의 『홀』이 '2017 셜리 잭슨상' 후보작 5편 가
운데 하나로 선정되고, 황석영 작가의 『해질 무렵』이 '2018 프랑스 에밀
기메 아시아문학상'을 받는 등, 한국문학의 해외시장으로의 성공적인
발걸음이 이어졌다. 또한, 2020년에는 김혜순 시인의 시집 『한 잔의 붉
은 거울』이 미국에서 '최우수 번역도서상' 후보에 올랐을 뿐 아니라, 김

영하 작가의 소설 『살인자의 기억법』이 독일 언론이 선정한 '4월의 베스트 추리소설'에 선정되고, 손원평 작가의 소설 『아몬드』는 '일본 서점 대상 번역소설 부문'에 오르는 등, 즐거운 뉴스가 잇달아 들려와 우리의 마음이 따뜻해지는 시간을 맞이할 수 있었다.

그러나 우리는 지금 이 순간, 이러한 한국문학의 해외진출의 성공적 사례를 접하면서, 앞으로 어떻게 한국문학 발전을 위한 행보를 해야 하는가에 대한 자문자답의 시간을 가질 필요가 있다. 우리에게 주어진 숙제가 무엇인지 진지하게 고민해야 한다는 뜻이다. 세계문학의 중심으로 합류하려면 향후 어떤 노력이 요구되고, 어떤 실행을 해야 하는가를 점검하고 확인해야 할 필요성을 느껴야 한다는 의미다. 즉, 한국문학 작품이 한류에 합류하기 위한 조건이 무엇인지를 진지하게 고민하자는 것. 이는 같은 동아시아권의 일본이나 중국이 세계에 많은 문학작품을 내놓으며 주목받고 있는 현실을 들여다보자는 뜻도 내재해 있다. 아직도 노벨문학상 수상자 한 명 배출하지 못한 우리문학이 갈 길은 결코 가볍지 않아 보이기 때문이다. 그리고 현재 지구촌을 뜨겁게 달구어야 할 한국 드라마와 K-pop 중심의 한류가 예전만 못하다는 현실도 우리에게는 반갑지 않은 소식이다.

이에 나는 이 시점에서 한국문학의 세계화에 도움이 되었으면 하는 바람을 안고, 한국문학 작품이 한류에 합류하기 위한 발전적인 제안 몇 가지를 내놓는다.

먼저, 한국문학 작품이 너무 한국적인 것만 고집해서는 안 된다는 점에 주목하자. 이데올로기적 주제에 치우친 무거운 작품들이 세계시장에서 독자를 확보하는 데는 한계가 있다. 한국이라는 지역적 특수성을 살리면서 세계적 보편성을 담보하는 문학 콘텐츠의 생산이 생명력을 가질 것이다. 세계시장에서 일본문학이 선전하는 요인도 그러한 요소들을 바탕으로 하고 있다는 점을 새길 필요가 있다. 소재나 주제의 다양화, 사소한 일상에서의 자아발견, 섬세한 감각, 다양한 인생 경험이 있는 작가군의 발견이 요구된다.

둘째, 무엇보다 우리 스스로가 문학 작품을 읽는 습관을 가져야 할 것이다. 전 국민을 대상으로, '우리 문학 작품 읽기 운동' 혹은 초중고 수업시간에, 대학의 교양 강의시간에, '문학 작품 읽기 수업'을 적극적으로 도입하자. 그리고 제도화하자. 장기적으로 보면, 그 어떤 방법보다도 가장 실효를 거둘 수 있는 방법의 하나가 될 것으로 기대된다. 의지의 문제다. 이는 정부가 추진하는 일련의 인문학 보급사업과도 그 궤를 같이하는 일이다. 하루빨리 서두르자.

셋째, 대중문학 혹은 장르문학과 순수문학과의 경계선을 허물자는 의견에도 진지하게 귀를 기울이자. 독자들의 욕구를 파악하지 못하고 순수혈통만을 고집하는 출판의 미래가 과연 효율적인가에 대한 고민을 이제는 떨칠 필요가 있다.

넷째, 좋은 번역가의 확보다. 이에 관한 제안은 아마도 어제오늘의 일이 아닐 것이다. 늘 제기되어 온 문제다. 하지만 현실은 녹록지 않아 보인다. 한국의 전문 번역가는 아직도 '저렴한 번역료'라는 현실적인 문제에 갇혀 있다. 이 점은 우리가 가장 먼저 극복해야 할 과제다. 우수한 번역가의 자질을 가진 사람은 적지 않다. 하지만 이들이 번역에 집중할 수 있는 여건은 여전히 마련되지 않고 있다. 이러한 불만을 하루속히 해결하지 않으면 안 된다. 더하여 번역의 질적 향상을 위해서 향후에는 원어민과 한국인의 공동 번역도 하나의 새로운 모델로 제시하고 싶다. 번역의 품질에 대한 시비를 가장 최소화하는 방법이고, 한국적인 정서를 가장 잘 살릴 수 있는 길로 갈 수 있는 대안이 될 수 있을 것이다.

다섯째, 이렇게 조성된 한국문학을 해외에 알릴 수 있는 적극적이고 체계적인 홍보 시스템의 구축이 절실하다. 이러한 홍보 시스템으로 일본 정부나 민간단체는 일본의 소설이나 문화 관련 서적을 세계에 보급 시켜 노벨문학상을 수상하는 데 일조했다. 결코 가벼이 넘겨서는 안 된다.

이러한 다섯 가지 제안이 현실로 옮겨진다면, 한국문학 작품이나 우리의 문학 콘텐츠는 한류의 확장에 크게 기여할 것이다. 한류의 확산이야말로 우리 모두가 지속적으로 지향하고 꿈꾸는 바지만, 향후 한류가 더 튼튼한 가치를 가지기 위해서는 한국문학이 그 뿌리가 되어 주어야 한다는 사실을 잊지 말자. 문학의 뿌리는 그 나라의 문화를 지탱하는 근간이 된다. 이러한 생각이야말로 그 어느 때보다도 지금의 한국 문학 종사자나 관련자, 그리고 우리 모두에게 이 시대가 요구하는 소명의식 같은 것이다. 노벨문학상은 그런 노력이 성숙해 갈 때 우리들의 품으로 다가오는 결과물의 하나가 되지 않겠는가. 『채식주의자』를 번역하여 한강 작가와 함께 맨부커인터내셔날상을 공동 수상한 테러버 스미스 씨가 그 당시 기자회견서 밝힌 소감 중의 한 마디가 자꾸 잊히지 않는다. "더도 덜도 아니고 다른 나라만큼 훌륭한 문학 작품들이 한국에도 있다. 상대적으로 덜 알려져 있을 뿐이다."

'상상력'과 '창의성'이
살아 있는 교육을 꿈꾸며

몇 년 전에 발표한 졸시 「나쁜 아버지, 나쁜 시인」은 다음과 같이 시
작된다.

아버지가 시인인데

나는 왜 국어시험에서 시와 관련된 문제만 나오면 틀리냐고

영어시험에서도 시와 관련된 문제만 나오면 틀리냐고

하소연하는 고등학생 딸이

시를 감상하고 느끼는 대로 답했는데

그게 왜 틀리냐고

그게 무슨 문학이고 예술이냐고

다짜고짜 따지는데

그러면 그게 수학문제지 무슨 문학문제냐고

억울하다는 듯이 따지는데

나는 그런 딸의 하소연에

아무런 대답도 못하고

시로 표현하면 좋겠다고 생각만 하는

나쁜 아버지고 나쁜 시인이었다

-오석륜 「나쁜 아버지, 나쁜 시인」 전문

인용 시는 문학 계간지 『시와 반시』 2016년 가을 호에 발표한 것이다. 시 감상을 일방적으로 강요당한 딸의 불만이 전편에 넘쳐나고, 그에 대해 명쾌하게 답을 주지 못하는 시인의, 아버지의, 난처함이 시의 주된 목소리를 형성하고 있다. 물론 상당수의 사람들도 이와 비슷한 감정으로 이 시를 읽어낼 것이다. 안타깝게도 우리의 시문학 교육의 현실은 이렇다. 시에서처럼 개인 고유의 감정은 보호받지 못하는 경우가 많다. 무시당한다는 표현이 어울릴지도 모른다. 그야말로 주입식으로 이루어진다는 느낌을 지울 수 없다.

이럴 경우, 청소년기에 왕성하게 피어나고 확장되어야 할 상상력이나 창의적인 생각이 멈춰버린다는 위험을 낳는다. 또한, 정답이 제시해 주는 틀에 갇혀 버릴 수도 있고, 시가 어렵다는 선입관에 노출되기도 한다. 더 큰 문제는 앞으로도 우리의 문학 교육 방식이 별로 바뀔 것 같지 않아 건강한 미래를 상상해볼 수 없다는 것인데, 이렇게 교육을 받은 세대가 대물림 하듯이 후학들을 가르치고, 또 그 후학들이 다음 세대에도 유사한 방식으로 가르치는 악순환이 되풀이 될 것이다.

또 다른 다음 두 편의 시를 읽어보자.

연탄재 함부로 발로 차지 마라
너는 누구에게 한 번이라도
뜨거운 사람이었느냐

-안도현 「너에게 묻는다」 전문

개미가
나비 날개를 끌고 간다
아아
요트 같다

-미요시 다쓰지(三好達治) 「흙(土)」 전문

앞의 인용 시는 안도현 시인의 「너에게 묻는다」 전문이다. 이 작품은 많은 이에게 알려져 있을 뿐만 아니라 짧은 시라서 외우는 독자들도 많다. 뒤의 작품은 일본을 대표하는 시인의 한 사람인 미요시 다쓰지(三好達治, 1900-1964)의 「흙(土)」이다.

앞의 작품은 우리가 흔히 봐 왔던 아무 쓸모도 없는 '연탄재'가 시의 소재지만, 그 '연탄재'가 제 한 몸 불태워 우리에게 추운 겨울날을 견디게 해준 고마운 존재였다는 사실을 잊어버리는 것에 대한 생각을 일깨워주는 기능을 하고 있다. 그래서 "너는 누구에게 한 번이라도 / 뜨거운 사람이었느냐"는 세상을 향한 외침에 긴장감을 갖게 된다. 그 생각의 전환이 놀랍다. 따라서 이 시는 삶에 대한 반성과 함께 시인의 극적 전환으로 촉발된 상상력이 시적 매력이다.

뒤의 작품도 우리가 흔히 볼 수 있는 하잘것없는 존재인 '개미'가 시의 소재지만, 시인은 나비를 끌고 가는 괴력을 발휘하는 개미의 모습을 포착하고, 그 개미가 바다를 떠다니는 "요트 같다"며 생각의 방향을 틀어버린다. 육지가 바다로 이행한 것이다. 이 역시 생각의 전환이며, 상상력의 표출이다. 이 점이 작품을 읽는 독자에게 감흥을 안겨준다. 육지의 미물인 개미가, 한때는 허공을 날아다녔지만 이미 죽어버린 나비를 끌어안은 채 요트를 타고 가는 바다의 항해사로 변신을 한 것 같다.

두 작품 모두 시인의 발상 전환과 그로 인해 피어난 상상력이 매력이다. 내가 이 두 작품을 인용한 것은 상상력을 이야기하고 싶어서다. 우리가 시 감상을 통해 얻는 것의 하나는 발상의 전환이다. 그것은 곧, 틀에 박힌 사고로부터 벗어난 상상력의 확대로 이어진다. 이는 우리가 시를 읽어야 하는 중요한 이유이기도 하다. 따라서 시 감상은, 시인의 시적 상상력을 공유하는 행위이며, 동시에 그 시적 상상력을 통해 스스로가 또 다른 상상력을 발휘하는 힘을 갖는다.

어떤 이는, 그럼, 왜 갑자기 이 시점에서 시문학 교육 타령이냐고 반문할지도 모르겠다. 그것은, 앞에서의 언급처럼 정답을 강요받는 시 교육을 받고 대학에 진학한 학생들이 과연 대학에서는 보다 창의적이고 창조적인 교육을 받고 있을까 하는 현실적인 고민에서 출발한다. 그로 인해 우리 젊은이의 사고도 한계를 드러낼 수밖에 없다는 우려 때문이다. 이는 사회에 나가서도 마찬가지다. 우리의 교육 현장에서 예술 작품에 대한 자신의 생각을 자유롭게 그리고 논리적으로 표현하는 힘을 길러주는 연습이 필요하다. 그래야만 상상력과 창의를 가득 품은 작품 생산도 이루어진다.

물론 그것은 자연과학이 상상력을 필요로 하는 이유와도 맞닿아 있다. '상상력'과 '창의성'은 모든 학문이 갖는 공통의 영역에서 비롯되고 생성된다. '상상력'과 '창의성', 그것은 우리가 앞으로 무한경쟁시대를 살아가면서 먹고 살아야 할 일체의 행위를 품고 있으며, 동시에 행복한 사회와 발전을 지향하는 우리의 사고와도 깊은 관련을 맺고 있다. 이 점을 잊지말자.

취업 준비생들이여,
글쓰기를 게을리 하지 말라

2년 전이었던가. 세계의 사람들에게 명문으로 알려진 미국의 하버드 대학, 그 졸업생을 대상으로 실시한 '대학 시절 가장 인상 깊었던 강의가 무엇이었는가' 하는 설문조사의 결과를 무척이나 관심 있게 접한 적이 있었다.

그런데 뜻밖이었다. 그 질문에 가장 많은 대답이 나온 것은 다름 아닌 '글쓰기' 강의였다. 학창시절에는 느끼지 못했던 글쓰기가 사회생활을 하면서 직접 그 필요성과 중요성을 절감한 것이다. 즉, 논리적인 글이든 감성적인 글이든 제대로 된 글은 글쓴이를 진솔하게 드러낼 뿐 아니라, 상대를 움직이는 힘을 갖고 있다는 의미로 해석할 수 있다. 물론 이것은 비단 미국만의 얘기도 아니고, 명문대학 출신자만으로 제한된 것도 아니다. 모든 나라, 모든 사람에게 공통적으로 작동하는 상식의 범주에 속한다.

단풍잎과 은행잎이 제각각의 아름다운 빛깔로 깊어가는 가을을 향해 스스로의 존재감을 드러내고 있는 것처럼, 사람들도 이 계절은 자신의 빛깔을 찾기 위해 글을 읽기도 하고, 또한 무언가를 쓰고 싶은 충동을 느끼기도 한다. 더불어, 우리나라는 이맘때면 취업을 위한 제반 활동이 왕성하게 이루어지는 시기이기도 하다.

그리하여 글쓰기와 관련하여, 만약 현재 취업을 준비하는 사람들에게 어떤 고민이 있냐는 질문을 던진다면, 아마도 '자기소개서를 어떻게 써야 자신을 돋보이게 할 수 있을까' 하는 답변이 많을지도 모른다. 기업체는 자사를 지원하는 개인의 자기소개서를 통해 그 사람이 어떻게 어려움을 극복하고 살았는지, 그러한 과정에서 드러나는 문제 해결 능력에 특별한 관심을 갖고 들여다보게 된다. 무엇보다 개인의 경험이 회사에 기여할 수 방안이 무엇인지에 방점을 두고 꼼꼼하게 살필 것이다. 따라서 이런 심사과정에서 누구나 다 아는 틀에 박힌 듯한 서술이나 문장은 기업체가 싫어하는 글이 될 수도 있다. 이 점은 글쓰기와 관련하여 주의 깊게 새겨야 할 사항이다.

자기소개서도 품격이 있는 것이다. 좋은 글을 위해서는 다음과 같은 방법을 실천할 것을 권하고 싶다. 먼저, 자신이 지원하는 회사가 어떤 인재를 원하는지부터 파악하라. 인재상을 먼저 읽어내라는 뜻이다. 더불어, 그 회사의 가치관에 어울리는 자신의 경험을 접목하거나 목표를 세워 실천했던 도전정신 같은 것을 서술하는 능력을 발휘하라. 때에 따라서는 이런 사항들을 종합적으로 측정하는 에세이를 요구할 수도 있으니 평소에 좋은 글을 읽어두고, 만약 그런 글을 읽는 과정에서 감동을 받았다면, 한두 번쯤 그 글의 일부나 전체를 필사(筆寫)를 해보는 것도 좋다. 직접 손으로 써보면서 행간에 숨어 있는 깊은 뜻을 체득해보라는 것이다. 그런 훈련과 습관이 생긴다면 분명 자신의 글과 사고도 좀 더 성숙해진다.

더불어 면접과정에서 '지금까지 읽은 책 중에 가장 감명 깊게 읽은 책이 무엇이냐'는 질문을 받을지도 모른다. 그럴 때는 그 책과 함께 그 책이나 그 글이 자신의 삶에 어떻게 영향을 주었는지도 구술하거나 서술할 줄 알아야 한다. 그런 책이 없다고 하면 독서가 부족했다는 평가보다는 감성이나 인성에 문제가 있다는 이미지를 줄 수도 있다. 이 점, 명심하라.

좋은 글은 하루아침에 되는 것이 아니다. 많이 읽고 많이 써야 한다. 그리고 필요하면 전문가에게 자신의 글을 보여주고 평가받는 것도 좋은 방법이다. 이것은 세계적인 작가들이 글쓰기와 관련하여 내 놓은 공통된 의견이다. 비단 유명 작가뿐만 아니라, 이른바 사회적으로 저명한 사람들도 어쩌다 한 번씩 발표하는 자신의 글에 엄청난 공을 들여 쓰는 것을 종종 보게 될 것이다. 글이 갖는 중요성을 알기 때문이다. 평소 독서나 작문의 습관이 없으면 자신의 생각을 글로 쓰는 일에 난색을 표하기 마련이다.

그러나 글쓰기에 자신 없다고 크게 고민할 필요는 없다. 시중에는 글쓰기와 관련한 책이 넘쳐나기 때문이다. 좋은 글쓰기를 위한 자료들을 제공하는 책도 있고, 유명 작가들의 글쓰기 습관이나 그들의 명문장과 습관을 소개하는 책도 있다. 명작을 따라서 써보는 필사본도 있고, 한국인이 출판한 것뿐만 아니라 외국인이 출판한 글쓰기 관련 책을 번역한 것 등, 실로 다양하다. 의외로 글쓰기 관련한 책이 많다는 것은 그만큼 글쓰기 갈증을 느끼는 사람들이 많다는 뜻도 된다. 이미 대학에 들어가기 전에 적지 않은 시간을 들여 논술고사를 준비한 경험이 있지만, 여전히 글쓰기는 살아가면서 우리에게 주어진 과제로 다가온다. 피하지 말자.

"일일부독서구중생형극(一日不讀書口中生荊棘, 하루라도 글을 읽지 않으면 입 안에 가시가 돋힌다)"은 마치 안중근 의사가 문화의 민족인 우리나라가 부강해지는 방법을 제시한 유언처럼 들린다. 취업 준비생들이여. 지금, 당장 독서를 즐겨라. 점점 더 퇴보하고 있는 독서율은 우리나라의 미래, 나아가 인류의 미래를 어둡게 하는 불안 요소다. 독서 과정에서 감명 깊게 읽고, 또 보고 싶은 책이나 명문장이 있었다면 자신의 옆에 두고 수시로 펼쳐보라. 책 속의 문장이 가슴으로 스며들 것이다. 그리고 자신이 그 문장의 주인공이 되는 경험으로 이어질 것이다. 거기에 더하여 글을 써 보라. 토론도 즐겨라. 책의 힘, 글의 힘, 사고의 힘이 여러분의 감성과 논리를 살찌우게 할 것이다.

지금은 수확의 계절. 봄에 뿌린 씨앗이 가을에 영글어져 우리의 식량이 되듯이, 자신의 계획에도 자신의 일상에도 글쓰기를 넣고 실천하다 보면, 글쓰기도 뿌린 만큼 거두어 우리들 마음의 식량이 될 수 있다는 신비한 경험을 할지도 모른다.

'인문학·인문정신문화진흥기본계획'의 실천과 그 지속성을 묻는다

안타깝지만, 최근 우리나라 대학에서 진행된 '대학구조개혁'이나 '학과 통폐합'의 대상은 인문학 관련 학과가 우선순위다. 그 한 예로, 2016년에서 2018년까지 진행되었던 이른바 '프라임사업'(PRIME: 산업연계 교육활성화 선도대학 사업)을 들여다보자. '프라임사업'은 사회와 산업의 수요에 맞게 정원을 조정하는 대학에 2016년부터 3년간 총 6,000억 원을 지원하는 재정지원사업으로, 핵심내용은 인문계와 예체능계를 줄이고 이공계를 늘리는 것이었다. 2014년부터 2024년까지 4년제 대학 인문사회계열에서는 21만여 명의 인력 초과공급이 예상되는 데 비해 기업이 원하는 공학 인력은 약 21만 5,000명 모자라는 등, 인력 수급 불균형(한국고용정보원 자료)을 바로잡자는 취지에서 시작되었다.

그 결과, 2016년 정원조정은, 인문사회계열이 2,500명 줄었고 공학계열이 4,429명 늘었다. 당시, 선정된 전국 21개 대학의 정원 이동 규모는 총 5,351명. 이들 대학 전체 입학 정원(4만8805명)의 약 11%에 해당하는 규모였다.

이를 계기로 향후 대학의 구성원 분포에서 인문계열 관련 학생이나 연구자의 수가 줄어들 것을 예상하는 일은 그리 어렵지 않을 것이다. 이에 따라, 대학 내에서만 뿐만 아니라 국가 전체의 틀에서 보면, '인문학의 고사' 위기는 점점 팽배해지는 경향을 띠어 간다. 거기에 '학령인구(學齡人口) 감소'라는 쓰나미가 더해져 설상가상이다.

이런 시점에서 나는 고사되어 가는 인문학의 회생에 호흡을 불어넣을 수 있는 계기가 될 수 있겠다고 생각한, 교육부와 문화관광체육부가 밝힌, '인문학 및 인문정신문화 진흥기본계획'의 동향에 관심이 간다. 이 계획은 2017년 1월에 발표한 것. 당시의 문서에는, 추진배경으로 "개인과 공동체 위기의 해법으로서 인문정신문화 진흥추진"이라고 밝히고 있다. 또한, '인문학 및 인문정신문화의 진흥에 관한 법률' 제2조에는, "이 법은 인문학 및 인문정신문화의 진흥이 인간의 존엄을 바탕으로 사회적·문화적 가치와 조화를 이루고 경제·사회 발전의 원동력이 되도록 하며, 국민의 자율성과 창의성이 존중받도록 하고, 인문학이 자연과학 및 사회과학과 균형 있게 발전하도록 함을 기본이념으로 한다."고 되어 있다. 당시, 여기에 투입되는 정부 예산은 총 2,600억 원이라고 밝혔다. 그럼, 지금도 그 계획이 지속성을 갖고 실행되고 있을까.

먼저, 그때 밝힌 사업의 주요 내용을 한 번 더 들여다보기로 하자. 우선 눈에 띄는 것은, 초·중·고의 교과 수업시간에 '매 학기 책 한 권 읽기'나 '연극 체험' 등 인문학적 교육활동이 강화된다는 점이었다. 그리고 대학에서 모든 계열의 학생에게 인문 강좌를 필수학점으로 이수하게 하는 등의 변화가 들어 있었다는 것. 학생들에게 '인문소양교육'을 강화시키겠다는 의지를 읽을 수 있는 획기적인 계획이었다. 또한, 인문한국(HK) 연구소 중 일부를 '지역인문학센터'로 지정해 중장년층과 노년층에 대한 인문학 강좌를 실시한다는 내용도 포함되어 있었다. 아마도 이는 정부가 고령화로 야기되는 사회적 과제에 인문학적 방법으로 대응하겠다는 것으로 해석할 수 있었기에, 참 좋은 생각으로 받아들였던 기억이 난다.

거기에 더하여, 인문학 전문인력 양성을 위한 장학금·연구비 지원의 확대도 눈에 띈 대목이었다. 이는 인문학 관련 박사학위를 취득한 자에게는 전공을 살려 연구원으로 쉽게 취업할 수 있도록 국공립 연구기관에서 연수할 기회를 확대한다는 것이었는데, 국가 차원에서 의지를 갖고 이를 적극적으로 실행한다면 인문학 관련 전공자의 진로에 도움을 줄 것으로 예상할 수 있었다.

그래서 그때 나는, 이 계획안이 좀 더 효과를 발휘하기 위한 방법으로, 기업과 대학이 연계하는 이른바, '산학협력시스템'으로 정착해가면 좋겠다는 생각을 품기도 했다. 왜냐하면, 기업이 원하는 인재상에도 인문학적 소양을 가진 자들을 필요로 하기 때문이다. 그러면 인문학 전공자의 기업으로의 취업이 확장성을 가질 것이라고 본 것이다. 동시에 '인문도시사업'을 '인문역사도시사업'으로 개편한다는 내용에도 주목한 것은, 우리에게도 유럽의 문화도시와 같은 명품 브랜드의 탄생이 현실화될 가능성을 상상했기 때문이다. 그것은 이러한 실천이 이루어지면 정부가 구상하는 인문학 대중화의 성과에도 꽃이 피어날 것이라는 건강한 상상이었다.

현재는 어떨까. '인문학 및 인문정신문화 진흥기본계획'의 최근의 상황을 살펴보고자 검색해보았다. 교육부의 조간 보도 자료에 2019년 4월, 2019년 제1차 '인문학 및 인문정신문화진흥심의회' 개최가 있었다는 소식이 읽힌다. 그러나 현실적인 대안으로 제시되었던, "초·중·고의 교과 수업시간에 '매 학기 책 한 권 읽기'나 '연극 체험'", "대학에서 모든 계열의 학생에게 인문 강좌를 필수학점으로 이수"하겠는 것이나, "인문 한국(HK) 연구소 중 일부를 '지역인문학센터'로 지정해 중장년층과 노년층에 대한 인문학 강좌를 실시한다"는 사항에 대한 실천은 아직도 피부에 와 닿지 않는다. 좀 더 적극적인 실천이 있었으면 한다. 교육부가 밝힌, "앞으로도 우리나라 사회 각계 부분에 인문학의 진흥을 위해 노력하겠습니다."는 의지가 펼쳐지길 기대한다.

아무쪼록, 단발성 사업에 그치지 말고, 향후에도 '인문학·인문정신문화진흥기본계획'에 이은 제2의, 제3의 '인문학·인문정신문화 실천방안'과 같은 보다 구체적인 정책이 수립되고 실행되어야 할 것이다.

인문학은 우리의 삶이 건강해지고 행복해지는 것을 지향한다. 우리의 일상이나 우리의 정신에 따스한 입김을 불어 넣는 고귀한 작업이다. 나와 공존하는 이웃과 환경을 더 사랑하게 되고, 우리의 영혼을 맑게 하는 수많은 이야기와 콘텐츠가 창출되는 것. 그것이 바로 인문학이 꿈꾸는 세상이다. 그것이 바로 우리가 우선적으로 후손에게 물려주어야 할 가장 고귀한 유산이다. 바로 지금이다. 인문학의 향기가 필요한 시점은,

일제강점기에 한국을 노래한
일본 시인 이야기 1

- 우치노 겐지 内野健児

먼저 다음의 시를 읽어보자. 약 100년 전쯤, 한국에서 일제강점기를 살았던 어느 일본인 시인의 노래다.

어두운 생각이 막힌 커다란 하늘의 가슴을

콱 찌른 벌거벗은 나무 뾰쪽한 끝은

움직이지 않고 고뇌의 정점(頂點)을 가리켜 보인다

나무 저편에 늘어진 풍경의 막(幕)도 빛깔이 바래고

그저 검푸른 자색의 대지 표면에 그을린 빛의 풀 옷을 깔끔치 못

하게 걸쳤다

나병 환자가 있는 민둥산이 줄곧 이어져 있을 뿐

가끔, 아득히 먼 곳에 놀러 가 있던 나무의 영혼이 돌아오듯이

참새들이 우듬지에 흡수되어 머물러 있지만

그것도 너무나 쓸쓸한 잎들이다

엷은 먹빛 떼가 울음을 울어본들

억눌린 겨울 마음을 어지럽히는 것에 지나지 않는다

하지만, 참새들이, 흩어져버려서

어두운 풍경의 막 그림자로 숨어버리면

또 한층 멍해지는 나무의 모습

아 그리고 그 밑을 지나가는 것은

느린 조선인의 발걸음으로

흰옷이 창백한 망령의 그림자를 이끌 뿐

　　　　　-우치노 겐지(內野健児) 「조선 땅 겨울 풍경(鮮土冬景)」 전문

　이 작품은 1923년 일본인 시인 우치노 겐지(內野健児, 1899-1944)가 자신의 첫 번째 시집 『흙담에 그린다(土墻に描く)』에 수록한 「조선 땅 겨울 풍경(鮮土冬景)」 전문이다. 시적 분위기는 쓸쓸하다. 그리고 우울하다. 당시 한국의 겨울 풍경이 애상감 가득한 시각으로 그려져 있다. 이파리 다 떨어진 겨울나무와 그 우듬지에 앉은 참새들이 울음을 울어본들 "억눌린 겨울 마음을 어지럽히는 것에 지나지 않는다"는 표현과 함께 우리들의 관심을 끄는 것은 시의 말미 부분의 묘사다. 즉, 그 적막한 풍경에 "느린 조선인의 발걸음으로 / 흰옷이 창백한 망령의 그림자를 이끌 뿐"은 우리들의 마음을 아리게 한다. 거기에는 나라를 빼앗긴 우리의 산천 풍경과 함께 당시의 겨울을 견뎌내는 조선인의 슬픈 모습이 겹쳐 나타나기 때문이다. "어두운 생각이 막힌 커다란 하늘의 가슴", "나무 저편에 늘어진 풍경의 막(幕)도 빛깔이 바래고", "나병환자", "민둥산"과 같은 진술도 당시의 조선 풍경을 묘사하는 데 유효한 기능을 하고 있다.

이 시를 쓴 우치노 겐지는 1899년 일본 나가사키현(長崎県) 출신이다. 한국에 산 것은 1921년에서 1928년까지 7, 8년 정도. 1921년 3월에 부모의 희망으로 조선총독부에서 일했으며, 대전중학교와 경성공립중학교 등에서 교사로 근무했던 이력도 갖고 있다. 1923년 『흙담에 그린다』를 출간하고 나서 '치안방해'라는 이유로 일제에 의해 발매금지 및 압수당하는 일을 겪기도 한다. 그 후 '일부 말살'이라는 조건으로 발매금지 조치가 풀리지만, 약자에 대한 휴머니스트적인 입장에서 글을 쓴 시인이었던 그는 결국, 1928년 부인과 동생과 함께 조선에서 추방당하여 일본으로 가게 된다. 부인인 고토 이쿠코(後藤郁子, 1903-1996) 역시 일본의 프롤레타리아 시인이고 낭만파 시인이었다. 이후, 우치노 겐지는 일본으로 건너가 프롤레타리아문학 운동에 참가하며 '아라이 데쓰(新井徹)'라는 필명으로 일제에 항거하는 시를 썼다. 일본 패전 전 해인 1944년 결핵으로 사망하였다. 이때 그의 나이 45세였다.

다음 인용 시는 우치노 겐지가 일제에 항거하는 성향이 농후한 작품 중의 한 편이다.

어느 놈이냐 나를 쫓아내는 놈
직업을 박탈당했다 빵을 빼앗겼다
나가라고 내동댕이쳤다
온돌이여 흙담이여 바가지여 물동이여
모두 이별이어라 흰옷의 사람들
이군(李君) 김군(金君) 박군(朴君) 주군(朱君)

이름도 없는 거리의 전사(戰士)·거지 군(君)

고역의 부초(浮草)·자유노동자 지게꾼

안녕 안녕

안녕 가난한 내 친구들

쳇!

쫓겨난다고 해서 그대들을 잊을 것인가

쫓겨난다고 해서 포플러가 우뚝 솟은 석간주(赭土)를 잊을 것인가

저놈이다 저놈 목소리다

"진실이 불리고 있으니까 안 되는 것이다!"

부정(否定)한 저놈은 엄연히 존재한다

늠름하게 있는 엄격한 우상(偶像)

저놈은 부정한다

진실을 말하는 자의 생존을

부정하는 데에 무엇이 남을까

무엇이 칠해질까

위만(僞瞞)의 탑이 방연(尨然)히 우뚝 서는 것이다

위만의 탑은 홀연히 대풍(大風)에 당하고 말 것이다

기생의 아리랑 발효한 막걸리

일말의 구름과 날아서 흩어져라

그대들 가난한 나의 친구들

이군 김군 박군 주군

이름도 없는 거리의 전사·거지 군

고역의 부초(浮草)·자유 노동자 지게꾼

경계하라!

당하지 말라!

쳇! 나는 쫓겨나는 것이다

우울한 연기를 뿜어내는 배

냉정의 물보라를 끊어내는 배

배는 저놈들의 채찍이 되어

나를 현해의 건너편으로 내팽개치는 것이다

내쫓기는 거라고

이를 가는 것도

현측(舷側)을 잡고 뚝뚝 눈물을 흘리는 것도

지금은 쓸데없다

다시 올 날까지

저놈들과 그대들이 있는 수평선

안녕 안녕 잠깐의 안녕

　　　　　-우치노 겐지(內野健児)「조선이여(朝鮮よ)」전문

인용 시는 우치노 겐지가 1930년에 출간한 시집 『까치(カチ)』에 수록

된 「조선이여(朝鮮よ)」 전문이다. 이 시를 읽으며 느껴지는 주된 분위기는 한국에서 일본으로 추방당하는 시인의 심정이다. 무척이나 애절하다. 동시에, 자신이 살았던 조선의 풍물과 조선인에 대한 아쉬운 이별의 심정도 느껴진다. 시집 제목을 순우리말인 '까치'라고 붙인 것에서도 우치노 겐지의 한국 풍물에 대한 애정의 정도를 짐작할 수 있다. 시의 말미에는 "1929년 6월"이라고 되어 있다. 시는 배를 타고 한국에서 현해탄을 건너면서 쓴 작품으로 읽힌다. 그것은 5연에 등장하는 "현측(舷側)"을 통해서 알 수 있는데, 여기서 현측이란 배의 양쪽 가장자리 부분을 나타내는 말이다.

그는 스스로 현해탄을 건너 일본으로 가는 것이 아니라 쫓겨 간다고 토로한다. 일제에 의해서 쫓겨 가는 묘사는 시의 곳곳에서 보인다. 1연 2행, 3행의, "직업을 박탈당했다 빵을 빼앗겼다", "나가라고 내동댕이쳤다"와 2연 5행과 6행의, "쫓겨난다고 해서"의 중복 표현, 그리고 5연 3행, 7행, 8행의, "나는 쫓겨나는 것이다", "나를 현해의 건너편으로 내팽개치는 것이다" "내쫓기는 거라고"가 그것이다. 일제에 의해 억울하게 추방당하는 것에 대한 호소며 폭로다.

이 작품이 출간된 시기가 일제강점기였던 1930년이라는 점을 감안하면, 그가 추방당하는 이유가 시인의 작품 및 행위에 대한 일제의 검열과 강제성에 의한 것이라고 유추하는 것은 크게 어렵지 않을 것이다. 일제에 대한 강한 비판도 작품 곳곳에 등장한다. "어느 놈이냐", "저놈이다", "저 놈의 목소리다", "부정(否定)한 저놈", "늠름하게 있는 엄격한 우상(偶像)", "위만(僞瞞)의 탑 저놈들의 채찍" 등은 일본 제국주의 혹은 일본 천황을 직설적인 욕으로 묘사하여, 그들에 대한 강한 적개심으로 드러냈다.

또한, 그는 일본으로 추방당하면서 한국에 살았을 때의 추억과 한국인들을 떠올리며 그들에 대한 동정과 애정을 표현했다. "온돌이여 흙담이여 바가지여 물동이여", "흰옷의 사람들", "이군 김군 박군 주군", "이름도 없는 거리의 전사(戰士)·거지 군(君)", "고역의 부초(浮草)·자유노동자 지게꾼", "가난한 내 친구들", "그대들을 잊을 것인가", "포플러가 우뚝 솟은 석간주(䃂土)를 잊을 것인가", "기생의 아리랑 발효한 막걸리" 등이 그것이다. 특히 시인은 "가난한 나의 친구들", '이군 김군 박군 주군", "이름도 없는 거리의 전사·거지 군", "고역의 부초(浮草)· 자유노동자 지게꾼" 등을 반복적으로 표현함으로써, 조선인에 대한 애정을 명확하게 드러냈다. 또한, 그는 마지막 연에서, 조선인들과의 이별은 영원한 것이 아니라, 잠시 잠깐의 이별이라고 노래함으로써 따뜻한 인간미로 시를 마무리했다. '이, 김, 박, 주'의 네 가지 성(姓), 그리고 화자가 현측(舷側)을 잡고 눈물을 뚝뚝 흘리는 묘사는 한국인 친구에 대한 뜨거운 우정 그 자체였다. 이보다 더한 애정의 시가 또 있을까 싶다.

문득, 일제강점기에 한국과 한국인을 사랑했던 일본 시인 우치노 겐지와 그의 시가 떠오르는 것은 한일 갈등으로 이 계절이 여전히 범상치 않기 때문이리라.

일제강점기에 한국을 노래한
일본 시인 이야기 2

― 오노 도자부로小野十三郎와 마루야마 가오루丸山薫

요즘 이런 시들이 눈에 들어온다. 일제강점기 일본 시인들이 한국이나 한국인을 소재로 쓴 작품들의 일부다.

> 경주는 좋은 고장인가보다
>
> 멀리 저 유명한 석굴암을 생각하며
>
> 나의 벗들은 모두 젊고 소탈하고 익살스럽다
>
> 온다면 흰밥에
>
> 생선 대접하겠단다
>
> -오노 도자부로(小野十三郎) 「경주」 전문

언제부터인지 아씨는 달리고 있었다. 아씨의 뒤를 악마가 바싹 뒤쫓고 있었다. 그녀는 도망가면서, 머리에 꽂은 빗을 던졌다. 빗은 악마와의 사이에서 우뚝 솟은 삼각(三角) 형태의 산이 되었다. 악마는 그 산그늘에 숨었다. 그 동안에 아씨는 멀리 달아났다. (중략)

그로부터 30년의 세월이 흘렀다. 과연 어린 내 기억이 더듬는 그 나라의 땅 표면(地表)에는, 아씨가 울면서 던져버리고 간 물건들의 흔적이 남아 있었다. 늑골처럼 야윈 평야가 펼쳐진 곳의 풀 없는 바위산은 환영(幻影)처럼 막아섰고, 갑자기 나타나는 늪의 물은 말라서 진흙이 타고 있었다. 얼룩 까마귀는 잎이 떨어진 외로운 나무 그 우듬지에서 울고, 사람 모양을 한 거대한 석상(石像) 그늘에서는 늑대라고 불리는 이리가 목구멍에서 소리를 내며 나타나기도 하였다. 게다가 오늘 더욱 국토의 어딘가를 숙명의 아씨는 달리고 있었다. 몸에 걸친 모든 것을 다 던져버린 알몸에 가까운 모습으로, 울부짖으면서 줄곧 달리고 있었다. 악마는 더욱 더 잔혹한 발톱을 뻗어서, 그녀의 목 뒷덜미를 붙잡으려 하고 있었다. (후략)

-마루야마 가오루(丸山薫) 「조선(朝鮮)」 부분

앞의 인용 시는 1947년에 일본의 시인 오노 도자부로(小野十三郎, 1903-1996)가 출간한 『대해변(大海邊)』이란 시집에 수록된 시 「경주(慶州)」고, 뒤의 작품은 1937년 일본의 잡지 『개조(改造)』 6월호에 발표된 시인 마루야마 가오루(丸山薫, 1899-1974)의 「조선(朝鮮)」이란 시의 일부다. 두 작품 모두 일제강점기가 시의 시간적 배경이다.

「경주」는 시인 오노 도자부로가 당시 일본 오사카에 징용공으로 끌려와 살고 있던 한국인들과의 만남, 특히 경상북도 경주 출신 사람들과의 만남을 소재로 하여, 그들과 이별을 할 때의 마음을 시로 표현한 것이다. 즉, 석별의 정을 아쉬워하며 쓴 글이다. 작품 속에는 경주 사람들과 나누었던 따뜻한 우정 같은 것이 배어 있다.

오노 도자부로는 태평양전쟁 중이던 1943년 여름부터 패전의 날인 1945년 8월까지 오사카의 후지나가타조선소(藤永田造船所)에서 징용을 경험했다. 그리고 그때 한국인 강제 징용 피해자와 같이 생활했다. 이때를 전후로 펼쳐진 그의 삶에 한국과 한국인이 자라잡고 있는데, 이것이 오노 도자부로가 한국 관련 시작(詩作)을 하게 된 중요한 계기가 된다. 한국인과의 인연을 여러 편의 시로 남겼다. 그는 1977년부터 2년간 '일본현대시인회' 회장을 맡는 등, 일본에서는 잘 알려진 시인이다.

「조선」은 시인 마루야마 가오루가 일제 강점기 당시의 한국인을 생각하며 쓴 것이다. 시에 등장하는 '아씨'는 한국인을 상징하는 시어로, '이리'나 '악마'는 일제를 뜻하는 말로 각각 해석하여 읽으면 그 느낌이 남다르게 다가올 것이다. 즉, 「조선」은 일제에 의해 탄압을 받는 한국인의 모습을 일본 시인의 시각으로 그려낸 것이다. 작품 전편에 흐르는 주된 서술은 일제강점기를 겪어야 했던 한국인들의 비극과 일제의 잔악상이다. 작품이 발표된 시기가 1937년이라는 점을 감안하면, 서슬 퍼런 일제의 검열을 어떻게 뚫고 이 시를 발표할 수 있었을까 하는 의문이 들 만큼 강렬한 인상을 준다.

마루야마 가오루 역시 일본 시단을 대표하는 시인의 한 사람으로 많은 시적 성과를 낸 한국과는 인연이 있는 인물이다. 당시 조선통감부 초대 통감이었던 이토 히로부미(伊藤博文)에게 신임을 받아 경성으로 부임한 사람이 그의 아버지였다. 당시 부친의 직책은 조선총독부 경무총감(警務摠監). 일곱 살 때 아버지와 함께 서울로 와서, 경성소학교(京城小學校)

에서 3학년 1학기까지 보냈다. 이것이 그에게 한국 체험의 중요한 계기가 된다. 어릴 때 건너와서(1906) 본 한국의 이미지는 그 당시 즉, 을사늑약(1905) 이후 한일강제병합(1910)이 막 시작될 무렵의 시대적 상황과 맞물려 있다. 작품에 등장하는 30년 후의 시적 서술은 1936년이나 1937년 무렵으로 유추할 수 있을 것이다.

이처럼 이 두 시인의 작품에는 공통적으로 당시 일본과 한국에서 일제 강점기를 살았던 한국인에 대한 우정과 휴머니즘이 담겨 있다. 이 두 시인 외에도 당시의 일본 시단을 대표하는 시인들의 시에는 한국과 한국인을 시적 주제나 소재로 삼아 노래한 품격 높은 작품들이 많이 남아 있다. 일부 한국인을 비하하는 시를 쓴 작가도 있었으나, 여러 시인들의 작품 상당수는 한국과 한국인을 인간적으로 따뜻하게 품어주고 일제의 압박에 항거하는 글을 남겼다는 점은 주목할 만하다. 일부 시인들은 한국의 오랜 역사와 문화적 유산에 대한 동경을 나타내는 작품을 써서 명시로 평가받기도 한다.

일제강점기를 극복하고 오랜 시간이 흐른 지금에 와서 왜 하필 이런 시를 펼쳐보고 읽어보는가 하는 의문이 들 수도 있겠으나, 내 눈에는 당시를 대표하던 일본 시인이나 일본 작가와 같은 지식인들이 한국이나 한국인을 부정적인 시각으로 그리기보다는 긍정적이고 더불어 살아가는 이웃의 이미지로 그렸다는 점을 상기하고 싶기 때문이다.

아직도 한일 양국은 민감한 문제를 둘러싸고 평행선처럼 달리고 있다는 느낌을 지울 수 없다. 이런 생각은 나 혼자만의 편견은 아닐 것이다. 앞의 작품들과 같은 성격의 시를 다시 한 번 끄집어내서, 시의 행간에 깃든 당시 일본 지식인들의 시적 사유를 살피고 헤아리는 것도 괜찮을 듯싶다. 아직까지는 이런 성격의 시가 한국이나 일본에서 소개되거나 보급되지 않은 경향이 있다. 좀 더 한일 양국의 사람들에게 알려지고 공감하는 기회가 확대되어 평화로운 이웃으로 가는 거름처럼 작용했으면 하는 바람 간절하다.

일제강점기에 한국을 노래한 일본 시인 이야기 3

- 미요시 다쓰지三好達治

1.

일본인에게는 국민시인으로 불릴 만큼 잘 알려진 미요시 다쓰지(三好達治, 1900-1964)는 1940년 9월 한국의 경주를 방문하고 다음과 같은 시를 남겼다. 이에 번역하여 옮긴다.

아아 지혜는 이러한 조용한 겨울날에

그것은 문득 뜻하지 않은 때에 온다

인적 끊긴 곳에

산림에

이를테면 이러한 절간의 뜰에

예고도 없이 그것이 네 앞에 와서

이럴 때 속삭이는 말에 믿음을 두어라

"고요한 눈 평화로운 마음 그 밖에 무슨 보배가 세상에 있을까"

가을은 오고 가을은 깊어 그 가을은 벌써 저만치 사라져 간다

어제는 온종일 거친 바람이 몰아쳤다

그것은 오늘 이 새로운 겨울이 시작되는 하루였다

그렇게 날이 저물어 한밤이 되어서도 내 마음은 안정되지 않았다

짧은 꿈이 몇 번인가 끊기고 몇 번인가 또 시작되었다

외로운 나그네 길에 있으면서 이러한 객사 한밤중에도

난 부질없는 일을 생각하고 부질없는 일에 괴로워했다

그런데 이 아침은 이 무슨 조용한 아침이란 말인가

나무들은 모두 다 벌거숭이가 되고

까치둥지도 서너 개 우듬지 끝에 드러났다

사물의 그림자들 또렷하고 머리 위 하늘은 너무 맑고

그것들 사이에 먼 산맥이 물결쳐 보인다

비바람에 시달린 자하문 두리기둥에는

그야말로 겨울 것이 분명한 이 아침의 노랗게 물든 햇살

산기슭 쪽은 분간할 수 없고 어슴푸레 안개 속에 사라진 저들 아득한

산꼭대기 푸른 산들은

그 청명한 그리하여 마침내는 그 모호한 안쪽에서

공간이라는 유구한 음악 하나를 연주하면서

이제 지상의 현실을 허공의 꿈에다 다리 놓고 있다

그 처마 끝에 참새 떼 지저귀고 있는 범영루 기왓골 위

다시 저편 성긴 숲 나뭇가지에 보일 듯 말 듯 하고

또 그 쪽 앞의 조그마한 마을 초가집 하늘까지

그들 높지 않고 또한 낮지도 않는 산들은

어디까지고 멀리 끝없이

고요로 서로 답하고 적막으로 서로 부르며 이어져 있다

그런 이 아침의 참으로 쓸쓸한

이것은 평화롭고 정밀한 경치이리라

그렇게 나는 이제 이 절의 중심 대웅전 툇마루에

일곱 빛 단청 서까래 아래 쪼그려

부질없는 간밤 악몽의 개미지옥에서 무참하게 지쳐 돌아온

내 마음을 손바닥에 잡듯이 바라보고 있다

아무한테도 고할 길 없는 내 마음을 바라보고 있다

바라보고 있다

지금은 허허로운 여기저기 주춧돌 주위에 피어난 들국화를

저 석등의 돌 등피 언저리에 아련하게 희미한 아지랑이가 피어나고

있는 것을

아아 지혜는 이러한 조용한 겨울날에

그것은 문득 뜻하지 않은 때에 온다

인적 끊긴 곳에

산림에

이를테면 이러한 절간의 뜰에

예고도 없이 그것이 너 앞에 와서

이럴 때 속삭이는 말에 믿음을 두어라

"고요한 눈 평화로운 마음 그밖에 무슨 보배가 세상에 있을까"

-미요시 다쓰지 「겨울날(冬の日)」 전문

인용 시는 미요시 다쓰지의 대표작의 한 편이며, 일본인 사이에서도
상당히 호평받는 「겨울 날(冬の日)」 전문이다. 1941년에 발표한 것이다.
이때 그는 한국의 서울, 경주, 부여, 고령 등을 여행하며 여러 편의 시와
수필을 남겼다. 무엇보다 위의 작품은 불국사를 찾았을 때의 감흥과 희
열 그리고 인생을 관조하는 서술이 무척이나 감동적으로 읽힌다. 천년
고도 경주를 대표하는 불국사라는 오랜 역사의 현장과 그 장구한 역사
에 동화되고자 했던 의지를 고스란히 담아내, 시인으로서의 역량이 유
감없이 발휘되고 있는 느낌이다. 경주를 여행하고 쓴 시는 「겨울날」 이
외에 「계림구송」, 「노방음」, 「백 번 이후」 등 3편의 시가 더 존재한다. 총
4편의 시가 경주와 관련된 것이다.

불국사를 읽어내는 시인의 맑고 깊은 심안(心眼)을 들여다보자. 특히,
1연의 "아아 지혜는 이러한 조용한 겨울날에 / 그것은 문득 뜻하지 않
은 때에 온다"와 "고요한 눈 평화로운 마음 그 밖에 또 무슨 보배가 세
상에 있을까"를 읽어 내려가면서는 시적 깊이에 빨려 들어가는 듯한 느
낌을 지울 수 없다. 2연, 3연, 4연은 불국사가 지닌 오랜 역사성을 구체
적으로 묘사하고 있다. 동시에 그러한 공간과 시간을 함께 하고자 하는

다쓰지의 의도가 시적 깊이를 더해준다. 예를 들면, 2연의 "비바람에 시달린 지하 문 두리기둥에는 / 그야말로 겨울 것이 분명한 이 아침의 노랗게 물든 햇살 / 산기슭 쪽은 분간할 수 없이 어슴푸레 안개 속에 사라진 저들 아득한 산꼭대기 푸른 산들은 / 그 청명한 그리하여 마침내는 그 모호한 안쪽에서 / 공간이라는 유구한 음악 하나를 연주하면서 / 이제 지상의 현실을 허공의 꿈에다 다리 놓고 있다"는 시인의 시적 능력에 감탄을 자아내게 할 정도다.

2.

미요시 다쓰지는 1900년 오사카 태생으로 도쿄대학 불문과를 졸업했다. 그의 첫 시집 『측량선』(1930)은 서정전아(抒情典雅)한 시풍과 서구 상징시 풍의 날카로운 시적 이미지를 동시에 지닌 것으로, 아직도 일본 근현대문단사에서 일본을 대표하는 시집으로 평가받고 있다. 1940년 한국을 찾았을 때는 경성(지금의 서울)에서 당시 한국의 김동환 시인을 만나, 그 소회를 밝힌 글도 있다. 그때 한국 문인들의 문학적 우수함을 피력하기도 하였다.

다쓰지는 또한 경주의 신라 왕릉을 찾았을 때의 감회를 노래한 시 「계림구송(鷄林口誦)」을 발표하기도 하였다.

원앙금침 신라 왕릉에
가을날은 지금 화창하노라

어디에서일까 닭소리 아련히 들려
저만치 있는 농가에 다듬이질하는 소리 난다

길 멀리 온 나그네는
여기에 쉬리라 잔디 풀은 아직도 푸르노라

목화밭의 목화 꽃
골목길 깊숙이서 우는 귀뚜라미

소나무 가지 끝을 건너는 바람
풀잎을 나부끼고 가는 작은 시내

꾸벅꾸벅 관상(觀相)의 눈일랑 감으면
차례차례 일어서서 사라지는 것들의 소리

완연히 잠잠해진 때일진저 푸른 하늘 깊숙이
그러면서도 느릿하게 벌 하나 춤추듯 내려라

햇빛 받으며 돌사자는 땅에 묻히고

절을 하는 거라며 돌 사람은 몸을 움츠렸노라

아아 어느 날에사 가는 자 여기에 돌아오는가
왕도 왕비도 군중도 여덟 갈래 갈림길도 높다란 누각도

꿈보다 가벼운 얇은 옷을 걸치고 춤추는 무희의
환영인가 이것은 얼룩 구름 나무숲 가지 끝을 날아가서

얼어서 서리처럼 보이는 이슬에 내가 지나온 풀 길
왕궁이 있던 터 뒤돌아보면

목덜미 뻗고서 꼬리 늘어뜨리고 선 큰 소
그림자 때문에 멈추어 섰다

푸른 하늘이며
흙 쌓아 만든 언덕이며

진실이어라 멸망한 것들은
한결같이 땅속에 스며들어서

까치는
소리 없이 걷고

풀 이삭에

가을바람 분다

-미요시 다쓰지 「계림구송(鷄林口誦)」 전문

이 작품 역시 앞에서 인용한 「겨울날」과 마찬가지로 신라의 오랜 역사에 기대고 있다. 그것은 곧 신라의 유적이나 역사를 살피는 동시에 자신도 그들과 일체감을 이루었으면 좋겠다는 희망 혹은 의지로 읽힌다. 이 작품에 등장하는 왕릉은 신라 어느 왕의 것인지 알 수는 없으나, "흙 쌓아 만든 언덕이며"라는 구절이 등장하는 것을 봐서는 능의 형상이 분묘임을 알게 한다. 미요시 다쓰지는 이 시에서 가축의 울음소리와 인간이 일상을 영위하면서 듣게 되는 친숙한 다듬이질 소리, 한갓 미물에 지나지 않는 귀뚜라미 소리를 함께 등장시키고 있다. 또한, 목화의 탐스러운 개화의 순간과 풀 사이로 흘러가는 물빛에까지 골고루 눈길을 펼친다. 그리고는 마침내 왕릉 앞 석상을 보면서, "땅에 묻힌 돌사자"와 "몸을 움츠린 석상"을 통해 역사를 소급해서 상상을 하기에 이른다. "아아 어느 날에사 가는 자 여기에 돌아오는가 / 왕도 왕비도 군중도 여덟 갈래로 갈라진 길도 높다란 누각도 // 꿈보다 가벼운 얇은 옷을 걸치고 춤추는 무희의 / 환영인가 이것은 얼룩 구름 나무숲 가지 끝을 날아가서"가 바로 그것이다. 다쓰지는 그러한 상상력을 눈앞에 보이는 경주의 자연과 연결시킴으로써 시의 묘미를 극대화시킨다. "진실이어라 멸망한 것들은 / 한결같이 땅 속에 스며들어"는 사라져간 역사나 화려했던 신라 왕실을 떠올린 표현이다.

그러한 시인의 태도는 백제의 옛 도읍지인 부여를 방문하고 쓴 시 「구상음(丘上吟)」에서도 크게 다르지 않다.

보름밤의 달을 기다리메

옛날 백제왕이

강을 바라보고 산을 향하여

잔치를 벌였던 높은 누각의 이름은

이 언덕 위에 남아서

가을이 오면 가을비 내리고

메밀꽃 바야흐로 하얀

밭 가운데에 오래된 기왓장을

주우려고 서성거리다

흠뻑 젖은 소매이어라

— 미요시 다쓰지 「구상음(丘上吟)」 전문

이 작품 역시 1940년 한국을 방문했을 때의 것이다. 미요시 다쓰지는 이 시에서도 백제의 오랜 역사의 흐름 속에서 자신의 모습을 찾으려 하고 있다. 이 시에는 '부여 영월사지(扶餘 迎月寺址)에서'라는 부제가 붙어 있다. 백마강의 낙화암이 영월사지 근처에 있는 공간이라는 것을 생각할 때, 다쓰지는 이미 옛 모습을 잃어버린 영월사지에서 백제의 영혼들을 불러내고 있다. "옛날 백제왕이 / 강을 바라보고 산을 향하여 / 잔치를 벌였던 높은 누각의 이름은 / 이 언덕 위에 남아서"는 다쓰지가 백제의 의자왕과 삼천궁녀의 슬픈 역사를 떠올리고 있다는 구체적인 진술이다. 그곳에서 시인이 기왓장을 줍는 행위는 현재와 과거의 대화다. 상상적 대화인 셈이다. 기와를 주우려는 자신의 상황을 역사를 거슬러 올라가는 나그네의 모습으로 변모시키고 있다. 좀 더 적극적으로 역사의 현장으로 귀속하고자 하는 의지를 드러낸 것이다.

이처럼 시 「구상음」도 앞의 경주 방문 시 「겨울날」이나 「계림구송」과 마찬가지로 시인 다쓰지에게 있어서는 오랜 한국의 역사와 하나가 되고자 하는 의지를 명확하게 드러낸 작품이었다.

3.

한편, 그는 열아홉 살 되던 해인 1919년, 한국의 함경도 회령에 와서 군인의 신분으로 한국과 첫 인연을 맺은 적이 있었다. 다음 시를 읽어보자.

산간 분지가, 그 애처롭고 거친 술잔과 쟁반 위에, 기원(祈願)하고 있는 것처럼 하늘에 바치고 있는 작은 마을 하나. 밤마다 소리도 없이 무너져 가는 흉벽(胸壁)에 의해, 정사각형으로 구획된 작은 마을. 그 사방에 버드나무 가로수가, 가지 깊이, 지나간 몇 세기의 그림자를 비추고 있다. 지금도 새벽녘에는, 싸늘하게 태풍 같은 날개소리를 떨구고, 그 위를 물빛 학이 건너간다. 낮에는 이 거리의 누문(樓門)에서, 울부짖는 돼지 떼가 달리다가 식수 긷는 우물에서, 넘어지고, 자꾸만 그 야윈 까만 모습을, 관목과 잡초로 된 평야 속에 감추어버린다. 만일 그때, 이상하고 가련한 소리가 삐걱거리는 것을 멀리에서 듣는다면, 시간이 지나 가로수 그림자에, 작은 이륜차가 언덕 같은 붉은 빛소 목덜미에 이끌려, 여름이면 참외, 가을이면 장작을 싣고, 천천히 누문 쪽으로 걸어가는 것을 볼 터이다. 나무껍질도 거무스레 낡아 버린 누문의, 방패 모양으로 하늘을 꿰뚫어 보는 격자 안에, 지금은 울리는 것조차도 잊어버린 작은 종이, 침묵하던 옛날 그대로의 위엄을 지닌 채, 어렴풋이 어둡게, 궁륭(穹窿)을 이룬 천정에 떠 있다. 무너질 대로 무너져 떨어져 가는 흙벽 위에, 또는 왠지 하얗게 우거질 대로 우거진 버드나무 속에, 까치는 모이고, 어지러이 날고, 하얀 얼룩이 있는 긴 꼬리를 흔들며, 종일 돌을 두드리는 듯한 소리를 지르고 있다.

-미요시 다쓰지 「거리(街)」 부분

시에는 '국경의 도시(國境の町)'라는 부제가 붙어 있는데, 이 작품에서 시인이 묘사하고 있는 '국경의 도시'는 함경도 회령 땅이다. 시의 시간적 배경은 1919년. 우리에게는 일제강점기, 3·1만세운동이 있었던 해다. 미요시 다쓰지는 일본에서 오사카육군유년학교(大阪陸軍幼年學校) 본과 1년 반의 과정을 마치고, 태어나 처음으로 이국의 땅인 한국으로 건너와 공병 제19대대에서 사관후보생으로 1년 정도 근무했다. 즉, 이 작품은 군인 신분이었던 그가 그때의 회령 풍경과 회령 사람에 대한 인상을 시로 담담하게 묘사해 낸 것이다.

태어나 처음으로 찾은 이국의 땅인 한국은 어떤 모습이었을까. 이 시에서 시인은 비교적 차분하게 그리고 섬세하게 회령의 어느 작은 마을을 응시하고 있다. "정사각형으로 된 쓸쓸한 회령 거리"와 "길가에 선 버드나무 가로수", 그리고 "새벽녘 흉벽(胸壁)이 있는 마을 위를 가로지르며 날아가는 학과 버드나무 가지로 모여들었다가 어지러이 날아가는 까치"와 같은 풍경은 마치 당시의 마을을 그림으로 섬세하게 펼쳐 보이는 듯하다. 더불어, 그 그림 속에 투영된 시인의 모습도 손에 잡히는 것 같기도 하다. 어쩌면 우수에 가득 찬 풍경은 군인 신분이었던 다쓰지 특유의 애상성(哀傷性)과 이어져 있다는 느낌으로 읽힌다. "흉벽"은 성곽이나 포대 따위에 사람의 가슴 높이 정도로 쌓은 담이다. '흉장'(胸墻)이라고도 하는데, 회령이 국경지대의 한 곳임을 짐작하게 한다. "이 흉벽이 어떻게 격한 싸움을 사이에 두고 둘로 나누어졌던 것일까."도 병영 생활을 하던 다쓰지에게는 예사롭게 보이지만은 않았을 것이다.

시인 다쓰지는 이 작품의 후반부에서는 회령 사람들에 대한 인상을 이렇게 묘사하고 있는데, 흥미롭다.

그들 모든 역사는 마음에 두지 않고 잊혀지고, 사람들은 오로지 변함없는 습관에 따라서, 그들의 조상과 같은 형태의 밥그릇으로 같은 노란 음식물을 먹고, 들에 같은 씨를 뿌리고, 몸에 같은 옷을 걸치고, 머리에 같은 상투 같은 관을 물려주고 있다. 그것이 그들의 법규이기도 한 것처럼, 그들은 늘 나태하고, 아무 때고 수면을 탐하고, 꿈의 틈새에 일어나서는, 두터운 가슴을 펴고, 꿀꺽꿀꺽 목구멍에서 소리를 내며 다량의 물을 다 마셔 버리는 것이다. (후략)

인용한 부분도 회령 사람에 대한 시인의 시선이 관조적이다. 역시 차분한 마음으로 회령 사람들을 관찰하는 태도를 보여주고 있다는 뜻이다. 시를 찬찬히 읽어보면, 국경을 접하며 살고 있는 회령 사람들에 대해서, 과거 어떤 일이 있었건 간에 그다지 신경을 쓰지 않고 비교적 낙천적인 삶을 살아가는 사람으로 묘사하고 있음을 알 수 있다. 비록 군인의 신분으로 한국 땅을 처음 밟았지만, 회령의 풍물과 현지인에 대한 관조적이고 객관적인 묘사는 시인 특유의 안정된 필치를 보여주고 있다고 할 수 있다.

4.

미요시 다쓰지가 한국을 경험하거나 방문하고 쓴 시는 앞에서 소개한 「겨울날」, 「계림구송」, 「구상음」, 「거리」 외에도 「노방음(路傍吟)」, 「백번 이후(百たびののち)」 등이 있다. 「노방음」, 「백 번 이후」 모두 경주 기행을 하고 난 후의 작품들이다. 이들 시편들의 시적 주제 또한 신라의 오랜 역사와 동화하고자 하는 시인 미요시 다쓰지의 의지를 드러낸 것들이다. 그 외에 「소년(少年)」, 「오늘도 여행 간다((けふも旅ゆく)」, 「가좌리 편지(加佐里だより)」 등이 한국을 방문하고 난 후의 작품 혹은 한국에서의 경험 및 인연을 회상하며 쓴 작품들이다.

미요시 다쓰지는 일제강점기였던 1919년과 1940년, 두 번의 한국 방문을 통해 시 작품에서만큼은 당시 지배의식이 팽배했던 일본인으로서의 우월 의식 같은 것을 작품에 드러내지 않았다고 평가할 수 있다. 그것은 곧 한국인이나 일본인들이 공감할 수 있는 작품으로서의 값어치를 가진다는 것이다.

지금은 한일 양국에 화합과 평화가 절실히 요구되는 시점. 다쓰지의 한국 관련 시편들을 양국국민들이 한 번쯤은 읽어봤으면 하는 바람이 생긴다. 한국인은 일본인보다 시를 좋아하는 민족이다. 문화는 사람들을 평화롭게 하는 힘을 갖고 있다. 그 중심축에 시가 자리 잡고 있었으면 좋겠다.

오석륜 吳錫崙

현재 인덕대학교 비즈니스일본어과 교수로, 시인, 번역가, 칼럼니스트 등, 인문학 관련 분야에서 다양하게 활약하고 있다. 대통령 소속 〈도서관정보정책위원회〉 위원이며, 문화체육관광부·한국연구재단 등, 정부 여러 부처의 심사위원이기도 하다. 동국대학교 일어일문학과 및 대학원을 졸업하였고, 동대학원에서 문학박사학위를 받았다. 현대인재개발원 주임교수를 지냈고, 동국대학교, 중앙대학교, 광운대학교, 서울여자대학교 등에서 일본문학과 일본어를 강의하였다. 전공은 일본 근현대문학(시).

그동안 펴낸 저서 및 역서로, 시집 『파문의 그늘』(시인동네, 2018)을 비롯해, 『미요시 다쓰지三好達治 시를 읽는다』(역락, 2019), 『일본어 번역 실무 연습』(시사일본어사, 2013), 『일본 하이쿠 선집』(책세상, 2006), 『풀 베개』(책세상, 2005), 『미디어 문화와 상호 이미지 형성』(九州大學 出版部, 2006, 일본어판, 공저), 『도련님』(가지 않은 길, 2013), 『일본 단편소설 걸작선』(2009, 행복한 책읽기), 『미요시 다쓰지 시선집』(小花, 2005), 『2번째 키스』(개미, 2004), 『조선 청년 역도산』(북&북스, 2004), 『일본 대표 단편선』(전 3권, 공역, 고려원, 1996), 『한국사람 다치하라 세이슈』(고려원, 1993), 『그 여자는 낮은 땅에 살지 않는다』(책나무, 1990) 등, 다수의 책을 출간하였으며, 일본 문학과 관련한 많은 논문이 있다.

진심의 꽃
- 돌아보니 가난도 아름다운 동행이었네

초판1쇄 인쇄 2021년 1월 5일
초판1쇄 발행 2021년 1월 15일

지은이   오석륜
펴낸이   이대현
편집   이태곤 권분옥 문선희 임애정 강윤경 김선예
디자인   안혜진 최선주
마케팅   박태훈 안현진

펴낸곳   도서출판 역락
출판등록   1999년 4월 19일 제303-2002-000014호
주소   서울시 서초구 동광로 46길 6-6 문창빌딩 2층 (우06589)
전화   02-3409-2060(편집), 2058(영업)
팩스   02-3409-2059
홈페이지   www.youkrackbooks.com
이메일   youkrack@hanmail.net

ISBN 979-11-6244-622-5 03810

이 도서의 국립중앙도서관 출판예정도서목록(CIP)은 서지정보유통지원시스템 홈페이지(http://seoji.nl.go.kr)와 국가자료종합
목록 구축시스템(http://kolis-net.nl.go.kr)에서 이용하실 수 있습니다. (CIP제어번호 : CIP2020052989)